어느 날, 백수

어느 날, 백수

정운현 지음

비아북
ViaBook Publisher

프롤로그

백수 권하는 사회

'백수(白手)'란 실직자를 일컫는 말이다. 국어사전에는 '한 푼도 없는 처지에 특별히 하는 일이 없이 빈둥거리는 사람을 속되게 이르는 말'이라고 나와 있다. '돈 한 푼 없이 빈둥거리며 놀고먹는 사람'이라는 뜻의 '백수건달(白手乾達)'에서 비롯되었다. 그런데 내 생각은 좀 다르다.

나는 '백수'를 '하는 일이 없어 손이 깨끗한 사람' 또는 '할 일이 없어 손이 한가한 사람'으로 풀이하고 싶다. 백수의 손이 흰 것은 '한 푼도 없는 처지여서'가 아니라 '하는 일이 없어서'다. 흔히 '기름보재기'라 불리는 기계 수리공이나 공사판 잡부, 그리고 논밭에서 흙일하는 농부의 손은 깨끗할 날이 없다. 그들은 백수, 즉 '흰 손'을 가질 수 없는 것이다. 결국 백수는 실직의 결과물이지 실직의 원인이 아니다.

대개의 경우 실직은 예고 없이 닥친다. 퇴직이 예고된 정년퇴직자나 희망퇴직자는 여기에 해당되지 않는다. 대부분은 회사나 조직의 돌연한 인원감축정책으로 어느 날부터 일을 그만둬야 하는 경우다. 그러면 그날부터 실직자가 된다. 그나마 얼마간 정리할 기한을 주는 경우도 있지만 최악의 경우에는 출근길에 문자메시지로 해고를 통지하기도 한다.

혹자는 직장인의 해고를 '살인'이라고도 하는데 그리 틀린 말은 아니다. 꼭 사람의 목숨을 앗아가는 것만이 살인은 아니다. 인격살인도 살인이요, 해고살인도 살인이라면 살인이다. 직장인 한 명의 해고는 그 사람으로만 끝나는 것이 아니라 한 가정의 생계를 끊어놓는다. 한 사람도 아닌 일가족의 밥줄을 끊는다면 그게 바로 살인이 아니고 무엇인가.

내 경우에도 꼭 그랬다. 84년 가을 한 신문사에 입사하여 2008년에 쫓겨나기까지 24년간 줄기차게 직장생활을 했다. 자의든 타의든 그간 여러 직장을 옮겨 다녔지만 단 하루도 이가 빠진 날이 없었다. 선(線)으로 말하자면 '연속선'이었다. 50세가 되던 2008년 가을, 권력의 부당한 조치로 나는 직장에서 쫓겨났다. 이후 만 6년째 나는 백수 아닌 백수로 살고 있다.

간혹 비정규직으로 일하기도 했지만 나는 '잠재실업' 상태다. 불규칙적인 생활이 이어지자 무엇보다 수입이 턱없이 줄었다. 지출을 줄이기 위해 보험을 해약하고 생활비를 최소화시키기 시작했지만 결국 딸아이는 진학의 꿈을 접었고, 아들은 중국 유학을 중도에 포기했다. 나 하나의 실직으로 두 아이들은 장래가 아득해졌고, 아내는 궁핍한 가계를 꾸려야 했다. 가정이 파괴되지 않은 것만도 천만다행이었다.

1959년생이니 나는 우리 나이로 올해 만 55세다. 일반 기업체라면 정년이 2~3년 정도 남았고, 교직이나 공직 계통이라면 그보다 몇 년은 더 남았다. 2010년 말 고용노동부가 근로자 300인 이상 사업장을 조사한 결과 정년퇴직 연령이 57.3세였다. 그러나 체감 정년퇴직 연령은 공기업이 52.2세, 대기업이 47.8세로 조사됐다. 45세에 정년퇴직한다는 '사오정', 56세까지 남아 있으면 도둑놈이라는 '오륙도' 같은 말에 견주자면 지금 내 나이도 퇴직할 때가 됐다.

벌어놓은 돈이 있으면 새로 창업이라도 시도해보았겠지만 여의치 않았다. 배운 일이 신문사에서 글 쓰는 일이고 직장을 구해봐야 그쪽 계통이니 일자리 구하기도 쉽지 않았다. 그렇다고 못 하나 제대로 못 박는 주제에 공사판 막일을 하겠다고 나설 수도 없고, 아파트 경비를 하기에도 아직은 너무 젊었다. 번듯한 직장은커녕 일자리 자체를 구하기가 쉽지 않았다.

또래 친구들 중에도 퇴직한 이가 여럿 있다. 유형은 대략 세 가지다. 첫째는 대기업에 다니다가 '사오정'이 된 명퇴자나 조기퇴직자. 이 경우가 제일 많다. 임원 출신들도 대부분 물러났다. 둘째, 직장에서 나와 창업을 했다가 실패하거나 원래 자영업을 하다가 여의치 않아 그만둔 경우. 셋째는 건강 문제로 퇴직한 경우다. 이 경우도 의외로 적지 않다. 물론 나처럼 '강퇴' 당한 경우는 그리 흔치 않다.

70~80년대만 해도 정년퇴직은 직장인 사회에서 하나의 관례였다. 또 조직 문화는 나이순의 연공서열 위계가 보편적이었다. 그러나 요즘은 '철밥통'으로 불리는 공직 계통이나 교직 같은 곳이 아니면 정년퇴직을 하는 직장은 찾아보기 힘들다. 또 정년이 보장돼 있다고 해도 소위 '계급정년'에 걸리거나 무보

직 상태가 되면 사표를 쓸 수밖에 없는 것이 현실이다. 바야흐로 '백수 권하는 세상'이 됐다.

문제는 내 또래 백수들이 아직도 30년 안팎을 더 살아야 한다는 점이다. 한국인의 평균수명이 이미 80세를 넘었다. 그럼에도 앞날이 창창한 40~50대 '중년백수'가 도처에 넘쳐난다. 40~50대는 아직 일할 나이이다. 기회가 되고 불러만 준다면 언제든지 달려갈 용의가 있는 사람들이다. 예비군으로 치자면 '민방위'가 아니라 '동원 예비군'이라는 얘기다.

그래서 중년백수들은 불시에 떨어질 '동원령'에 대비해 평소 자기 관리를 해둬야 한다. 일자리도 일자리지만 그래야 우선 사람이 망가지지 않는다. 건강을 챙기고 세상 돌아가는 물정도 살피고, 또 왕성한 근로 의욕을 유지하는 것이 무엇보다 중요하다. 자칫 백수 기간 동안의 불규칙한 생활로 삶의 활력을 잃거나 나태해진다면 '노동상품'으로서의 가치가 현저히 떨어질 수 있기 때문이다.

대학을 나와도 취직이 어렵다 보니 요즘은 '청년백수'라는 말도 생겨났다. 일을 하고 싶어도 일할 곳이 없다니, 참으로 비참한 얘기다. 그런데 엄밀히 말하자면 이 말은 형용모순이다. 청년은 백수일 수 없다. 정규직이든 비정규직이든, 좋은 일자리든 성에 안 차는 일자리든, 청년은 놀면 안 된다. 이유 불문하고 청년들에게는 일자리가 주어져야 한다.

그런데 청년백수 가운데는 '자발적 백수'도 없지 않다. 예전에는 직장 다녀서 받은 월급으로 적금 들고 그 돈으로 결혼하고 집 장만 하는 것이 보편적인 행태였다. 그러나 '88만 원 세대'는 월급 받아서 한 몸 먹고살기도 힘들다. 적금은 물론, 결혼이나 집 장만은 그림의 떡이라는 얘기다. 게다가 일자리조차 대개 비정규직이니 고용 안정성도 매우 낮다. 이렇게 되자 더러는 '프리 바이트(free-beit)' 형태의 자발적 백수가 되고 마는 것이다.

가면 갈수록 중년백수는 더 늘어날 전망이다. 또 이 시점의 청년백수가 특별한 상황 전환의 기회를 잡지 못한다면 20~30년 뒤에 중년백수가 되는 것은 불문가지의 사실이다. 그때 그들은 지금의 중년백수보다 훨씬 악화된 상황을 맞이할 가능성이 크다. 백수 문제는 사회복지 차원에서 해결할 수 있는 문제가 아니다. 새로 일자리가 마련되어 그들에게 일이 주어지지 않는 한 그 어떤 정책도 '언 발에 오줌 누기'일 뿐이다. 일자리만이 이 시대 최고의 복지정책이요, 위정자가 할 일이다.

누구에게나 어느 날 예고도 없이 들이닥치는 불청객, 중년백수. 내가 당장 중년백수가 된다면 과연 무엇을 어떻게 해야 할까. 생각만으로는 막막하기 그지없다. 이 책은 이러한 고민에 대한 나의 백수생활 5년의 경험을 털어놓은 것으로, 이는 나 개인의 이야기이자 우리 모두의 이야기일 수 있다. '서생 백수'인 내가 백수의 표본이라고 할 수는 없겠으나 내 경험담을 통해 백수, 혹은 은퇴자의 멋진 삶을 위한 길을 모색해보았다. 이 책이 나와 비슷한 처지의 중년백수들에게 위로와 함께 작은 힘이 된다면 망외의 기쁨이겠다.

2014년 2월

정운현

차례

1 실직 인정하기

현실을 있는 그대로 받아들이고,
머릿속을 떠나지 않고 괴롭히는 생각들을
외면하지 않고 그대로 직시하는 것이 가장 좋은 해결책이다.
고통스런 현실이 존재한다는 사실을 부인하게 되면
오히려 더 힘들어질 뿐이다.

– 박금실, 《머뭇거리다 죽지 마라》

"췌장암 4기입니다. 너무 늦었습니다."

"췌장암 4기입니다. 너무 늦게 오셨습니다."

건강검진을 하러 갔다가 졸지에 이런 '사형선고'를 받는다면? 게다가 앞으로 남은 시간이 불과 6개월이라면?

과연 즉석에서 의사의 말을 받아들일 수 있을까? 내가 췌장암 4기라는 사실을 쉽게 인정할 수 있을까?

말기암 환자들이 암 선고를 받으면 처음에는 이를 쉽게 인정하지 못한다고 한다. 그간 특별한 자각증상이 없었다면 더욱 그렇고, 오히려 오진 가능성에 대해 생각한다고 한다. '인정하지 않는다'와 '인정하지 못한다'는 다르다. '인정하지 못한다'는 것은 근거의 유무와 무관하다. 그냥 자신이 심각한 암에 걸려 있다는 객관적 사실을 받아들이고 싶지 않은 것이다. 막무가내다. 그러면서 외려 의사도 아닌 자신에게 묻는다.

'왜 내가 암에 걸렸을까?'

'왜 하필 나일까?'

'진짜 암이 맞을까?'

결국 환자는 이 같은 부인(否認)으로 인해 상당 기간 방황하게 된다. 더러는 극심한 자기 비관으로 자해나 자살을 하기도 한다. 그 과정에서 당사자와 이를 지켜보는 주변 사람들의 고통은 이루 말할 수 없다.

그러다 어느 정도 시간이 지나면 상황이 변하기 시작한다. 부인할 수 없는 객관적 증거들을 하나씩 확인하게 되면서 결국 자신이 암에 걸렸다는 사실을 '인정'할 수밖에 없게 되는 것이다. 그러면 일단 무너져 내린다. 이제 모든 것을 포기하고 치료에 나서는 것이다. 자신이 암에 걸린 사실을 인정하고 나면 설사 최악의 상황이 닥쳐도 받아들이게 된다고 한다.

요즘 한창 일할 나이인 40~50대에 직장을 그만두어야 하는 경우가 흔하다. 일자리는 한정되어 있는데 젊은 사람들은 치고 올라오고 조직은 날로 새로운 것을 요구하지 않던가. 그런데 대개의 경우 나이가 들면 감각은 뒤처지고 생산성은 떨어지기 십상이다. 이를 견디지 못하면 달리 방법이 없다. 사표를 쓰고 물러나는 수밖에.

공직이 아니고서야 '정년퇴직'은 이제 옛말이 됐다. 60세 언저리까지 일할 수 있는 곳이라면 대개 '임금피크제'로 봉급을 대폭 깎는다. 그래도 그건 그나마 낫다. 대다수 대기업의 경우 임원으로 쭉쭉 뻗어나가지 못하면 40 중반에 보따리를 싸야 한다. 20대 후반 피 끓는 나이, 치열한 경쟁 속에 입사하여 청춘만 홀랑 다 빼앗긴 채 쫓겨나는 것이다. 요즘은 엔간한 기계보다도 오히려 사람 수명(근무 기간)이 짧다. 사람이 기계만도 못한 세상이다.

그럼에도 누구 '탓'을 하는 것은 현명한 처세법이 아니다. 조직 논리에 밀려 억울하게 밀려났거나, 오너나 상사에게 찍혀 내몰렸거나, 진짜로 무능해서 쫓겨났거나, 금전비리 등에 연루돼 해임되었거나, 조직생활이 싫어 스스로 사표를 던졌거나, 어찌 되었든 실직한 지금의 상황을 인정하는 것이 중요하다.

물론 나의 경우도 실직을 인정하는 것이 쉽지 않았다. 그도 그럴 것이 나는 정치적인 이유에서 강제 퇴직당했다. 이명박 정권 출범 후 소위 '좌파인사 적출'에 해당돼 법에 보장된 임기 3년을 다 채우지 못하고 11개월 만에 강제로 쫓겨난 것이다. 비단 나뿐만이 아니라 참여정부에서 임명된 사람 상당수가 피해를 입었다. 몇몇 사람은 소송을 통해 명예를 회복하고 금전적 피해를 보상받기도 했다.

당시 나는 그 기관의 임원이어서 평생직장 개념은 아니었다. 그러나 적어도 3년 임기를 채울 경우 다음 일정으로 연착륙은 가능했을 것이다. 쫓겨날 당시 내 나이는 만 49세. 구만리는 몰라도 앞날이 구천리는 되던 때였다. 쫓겨난 현실이 암담하기 그지없었다. 특히 물러나는 과정에서 겪은 인간적 수모 때문에 한동안은 견디기가 힘들었다. 불과 얼마 전까지만 해도 믿고 따르던 후배(부하직원)들이 안면 몰수하는 것을 보고는 인간에 대한 환멸감이 몰려왔다. 그들도 그럴 수밖에 없을 것이라는 이해나 배려보다는 배신감이 앞섰다.

무엇보다 견디기 어려운 것은 '깨어진 일상(日常)'이었다. 아침이면 어김없이 출근하던 내가 하루아침에 출근할 곳이 없어진 현실, 그것을 쉽게 납득할 수 없었다. 텔레비전을 보면 이런 경우 집에는 출근한다고 얘기해놓고 공원이나 극장에서 시간을 때우다가 퇴근 시간에 맞춰 귀가하던데, 나는 그렇게 할 수도 없었다. 아무개 신문에서는 내 이름을 사설에까지 박아 썼다. 내가 쫓겨나게 된 것은 세상이 다 아는 일이어서 가족들한테 속일 수도 없는 상황이었다.

며칠을 집에 틀어박혀 지내는데 분통이 터져 견딜 수가 없었다. 임명권자인 이명박 전 대통령도 그렇고 그 밑에서 행동대장을 한 아무개 차관이라는 자에 대해서도 분노가 치솟았다.

자기들 밥그릇 때문에 우리들을 쫓아내는 데 앞장선 직원들에 대해서도 마찬가지였다. 당장 쫓아가서 다들 패 죽이고 싶었다. 홧김에 회사에 불이라도 질러버리고 싶었다.

괴로운 마음도 문제였지만 곧바로 생계 문제가 목을 죄기 시작했다. 매달 25일이면 꼬박꼬박 들어오던 월급이 퇴사당한 지 한 달 후에 즉각 중단되었다. 당시 두 아이들은 대학에 다니고 있었고 내가 집에서 놀아도 될 만큼 벌어둔 것도 아니어서 보통 문제가 아니었다.

다행히 오래지 않아 후배가 같이 일하자는 제안을 해와 급한 불은 끌 수 있었다. 그러나 본질적인 문제에서는 여전히 해답을 찾지 못한 상태가 지속됐다. 극악무도한 정권을 만나 잘 다니던 일터에서 무단히 쫓겨났다는 생각이 머리에서 좀체 떠나지 않았다. 내 실직의 원인은 전적으로 정치적인 이유 때문이었다. 나나 다른 임원들 모두 자질이나 능력 문제로 입에 오르내린 적이 없었다.

나는 한동안 회사가 있던 광화문 근처에 얼씬도 하지 않았다. 일부러 발걸음을 하지 않았다. 마치 군대에서 고생한 사람들이 자대 쪽을 향해서는 오줌도 누지 않는다는 식으로. 간혹 친하게 지내던 직원들이 안부 전화를 걸어오거나 식사 제안을 해왔지만 나는 들은 체도 하지 않았다. 근 1년이 지나도록 분노는 가라앉지 않았다. 의도하지 않은 실직을 '인정'하지 못했기 때문이다.

언젠가 해외 화제를 소개한 텔레비전 프로그램에서 놀라운 얘기를 접했다. 아들의 죽음을 인정하지 못해 몇 년째 아들의 시신을 곁에 두고 사는 어머니의 얘기였다. 사랑하는 아들이 어느 날 급사하자 어머니는 아들의 죽음을 받아들일 수가 없었다. 그래서 장례도 치르지 않은 채 아들 시신을 한방에 두고 같이 지내며 아들이 자신과 같이 사는 것으로 여겼다고 한다. 심령학에서는 갑작스럽게 죽음을 맞으면 죽은 이의 영혼조차도 자신이 죽었다는 사실을 인정하지 않는다고 본다.

내가 의도하지 않은 특정 현실을 인정하고 받아들이게 된다는 것은 무엇인가의 포기를 전제로 한다. 어머니가 아들이 죽었다는 사실을 받아들이려면 아들이 살아 있다고 믿는 걸 포기해야만 가능하다는 말이다. 내가 실직이라는 현실을 받아들이게 된 것도 직장인 시절의 나를 포기하면서부터다. 물론 그렇다고 해서 나에 대한 부당한 강제 퇴직이 옳다고 인정하는 것은 아니다. 그것과는 별개로 '실직'의 현실을 받아들이게 됐다는 얘기다.

지금의 내가 '현직'이 아니라 '전직'이라는 것을 깨닫게 되면 서글픔이 몰려온다. 요즘도 이전 직장의 직함을 들며 연락해오는 사람이 있다. 내가 10년 전에 다니던 직장을 기억하며 심지어 지금의 직함을 묻기도 한다. 그러나 이럴 때일수록 흔들리지 말고 현실을 직시해야 한다. 실지로 나는 종이에 '나는 실직자다!'라고 써본 적도 있다. 실직을 내 눈으로도 인정하기 위해서였다. 그러고 나니 한결 마음이 편안해졌다. 비록 아프고 서글프긴 했지만.

자신의 괴로운 현실을 직시하고 인정해야 앞으로 나아갈 수 있다.
그림은 찰스 레이먼드 매콜리의 《지킬 앤 하이드》 삽화(1904).

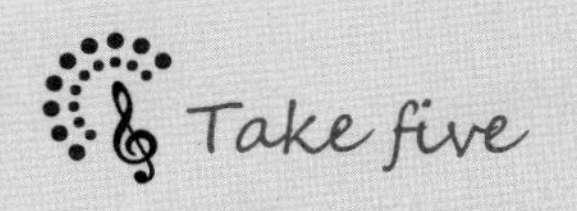

처음 맛보는 나만의 세상

중년백수는 남들보다 몇 년 일찍 은퇴한 사람이다. 즉, 은퇴자다. 은퇴자에 대한 시선은 그리 따뜻하지 않다. 이제는 더 이상 '쓸모없는 인간'이라는 극단적 평가에서부터 무능력자, 낙오자로 평가받기 일쑤다. 한 외국은행의 조사에 따르면, 한국인은 '은퇴'라고 하면 경제적인 어려움, 외로움, 지루함, 두려움과 같은 부정적인 감정을 떠올리는 것으로 나타났다.

그렇다면 외국 사람들은 어떤 반응을 보일까? 놀랍게도 정반대 결과가 나왔다. 미국 · 프랑스 · 영국 인들은 '은퇴'를 자유와 행복을 주는 긍정적인 단어로 받아들였다. 그들은 은퇴를 나만의 속도로 나만을 위해 살 수 있는 '행복한 시간'이라고 응답한 것이다. '은퇴'는 영어로 'Re-tire'다. 자동차의 낡은 타이어를 갈아 끼운다는 뜻이다. 즉, 새로운 인생의 대장정을 떠나는 '인생 2막의 출발점'이라는 얘기다.

우리도 은퇴에 대한 발상을 전환할 필요가 있다. 직장에서 물러나 여생을 보낸다는 소극적이고 수동적인 자세에서 벗어나 은퇴야말로 인생 최고의 시간을 보장하는 가슴 설레는 '나만의 시간'이라는 점을 깨달을 필요가 있다. 이러한 적극적이고 능동적인 생활 자세는 여생을 보다 활기차게 만들어줄 것이다.

곰곰이 생각해보면 은퇴 이전까지의 삶은 '내 삶'이 아니었다. 태어나 청소년기까지는 부모의 손에서 양육되기도 했고 학업에 전념하느라 내 시간이 없었다. 학교를 마치고 결혼하고 직장생활을 할 때는 가정의 가장으로, 직장의 조직원으로 살았다. 일종의 의무적인 삶, 틀에 짜인 삶, 수동적인 삶을 살아야만 했다. 그러나 은퇴를 기점으로 그런 삶은 대부분 막을 내린다. 그리고 비로소 내 인생이 시작된다. 이 얼마나 반갑고 기쁜 일인가?

이제 저녁 늦게까지 책을 보고 늦잠을 자도 괜찮다. 또 평일에 등산 가방을 메고 집을 나서도 괜찮다. 왜? 출근하지 않으니까. 이제 처음으로 내 삶의 시간표를 내가 짤 수 있게 된 것이다. 흔히 은퇴를 상실의 시기라고도 하지만 발상을 전환하면 나만을 위해 살아갈 수 있는 절호의 기회가 된다. 접어뒀던 내 삶의 꿈을 비로소 펴는 희망의 출발점이기도 하다. 매사 생각하기 나름이다. 은퇴야! 낡은 타이어를 갈아 끼우고 이제 내 마음대로 달려보자. 격하게 환영한다!

2 남 탓 하지 않기

不患人之不己知, 患不知人也

다른 사람이 나를 알아주지 않는 것을 근심하지 말고

내가 다른 사람을 알지 못하는 것을 근심하라.

— 공자(孔子), 《논어(論語)》〈학이편(學而篇)〉

“세상을 원망하랴, 내 아내를 원망하랴.”

‘내 탓이오! 내 탓이오!’

언젠가 동네 천주교 성당을 지나다 이런 글귀를 본 적이 있다. 천주교에서 평소 이런 운동(?)을 하는지는 잘 모르겠다. 어렵다거나 특별히 고상한 말도 아닌데 잔잔한 울림이 전해왔다. ‘남 탓’이 아니라 ‘내 탓’이라…….

사업을 하다 보면 때로 큰 손해를 보기도 하고, 살다 보면 좋지 않은 일도 겪게 된다. 그러면 사람들은 대개 ‘남 탓’을 한다. 사업이 부진하면 경기가 좋지 않은 탓을 하고, 사고를 당하면 재수 탓을 한다. 단순히 ‘탓’ 정도가 아니라 더러는 아예 죽일 놈 살릴 놈 하면서 폭언을 해대기도 하고, 누군가를 평생 원망하기도 한다. 인지상정(人之常情)이다.

그런데 따지고 보면 내가 잘못한 경우가 더 많다. 차를 몰고 가다가 갑자기 앞차가 급정거를 해서 누군가 다치거나 차가 망가졌다고 치자. 이럴 경우 전후 사정을 따지기 전에 일단 앞차 운전자를 탓하고 보는 게 보통이다. 고래고래 소리를 지르거나 심하면 욕을 하기도 한다. 만약 나보다 앞차의 실수가 현저히 크다면 그에 비례해 원망도 크게 마련이다. 그러나 곰곰이 따져보면 근본적으로는 내 책임이 훨씬 더 크다. 앞차와의 거리를 충분히 유지해야 함은 운전자라면 누구나 다 아는 상식이다. 결국 세상에서 제일 쉽고 만만한 게 '남 탓'이다.

주식에 남다른 솜씨가 있는 후배가 하나 있었다. 그런데 잘 다니던 직장을 갑자기 그만두었다는 얘기가 들렸다. 듣자 하니 주식에 올인하기 위해서였다. 일찍부터 주식에 손을 대 상당히 재미를 봐왔고, 어느 날 갑자기 외제차를 타고 나타나 주변 사람들의 부러움을 산 적도 있었다. 주식에 올인하기로 결정한 것은 제대로 해서 크게 한 건 하려는 것이었을 게다. 물론 그때는 주식 재미가 좋던 시절이었다. 그래도 후배 부인이나 주변에서는 주식이라는 게 오르막 내리막이 큰 만큼 직장까지 그만두고서 할 일은 아니라며 후배를 말리고 나섰다. 그러나 그는 막무가내였다.

한참 잊고 지내다가 지난여름 한 등산모임에서 그 후배 소식을 들었다. 주식에서 선물(先物)거래까지 진출했다가 실패해 빈 깡통 신세가 됐다고 했다. 이 일로 아내와 이혼하고 지인들과도 거의 소식을 끊은 채 지낸다고 했다. 놀라운 건 그가 아내와 이혼한 사유였다. 자신이 그렇게 무모하게 주식에 빠져들 때 옆에서 강하게 말리지 않았다며 그 책임을 물어 이혼했다는 것이다. 세상에 억지도 이런 억지가 또 없다. 제 잘못은 제쳐두고 아내 탓을 하다니. 못난이의 전형적인 '남 탓'이 아닐 수 없다.

실직도 대체로 이와 비슷하다. 대개의 경우 일단 남 탓을 먼저 하고 또 많이 한다. 가장 만만하게 '재수가 없었다'는 것에서부터 시작해 '사람들이 내 능력을 제대로 알지 못한다', '아주 더러운 상사를 만났다', 심지어 '운(運)이 없었다' 등 실직의 이유가 수백 가지다. 전부 허물(혹은 책임)을 주변으로 돌려버리고 나 자신은 깨끗이 면책시킨다. 나는 철저하게 뒤로 빠지고 오히려 나를 억울한 희생자로 포장한다. 과연 나한테는 아무런 귀책사유가 없을까.

왜 없겠는가. 조목조목 따져보면 적잖다. 먼저 기업 입장에서 보자면 일단 능률성을 따질 수밖에 없다. 생산성은 낮은데 월급은 많이 받아가고, 게다가 나잇살로 배까지 나온 나. 이런 나를 인사부에서 그냥 놔둘 리가 있나. 인사부에서 하는 일이 이런 사람을 솎아내는 일 아닌가. 기업이 노동자를 아끼고 배려해야 한다는 문구는 근로기준법에도 없다. 이런 기업에 무슨 도덕 교과서를 들이댈 것인가. 경위야 어떻든 노동자도 제 앞가림을 해야 한다. 그래야만 하는 세상이 됐다.

흘러간 옛 노래 중에 가수 박재홍의 〈유정 천리〉라는 노래가 있다. 1절 첫머리가 '가련다 떠나련다 어린 아들 손을 잡고'인데, 이 노래는 2절을 주목할 필요가 있다.

세상을 원망하랴 내 아내를 원망하랴
누이동생 혜숙이야 행복하게 살아다오
가도 가도 끝이 없는 인생길은 몇 구비냐
유정 천리 꽃이 피네 무정 천리 눈이 오네

이 노래 작사가가 당시 어떤 상황에서 이런 가사를 썼는지는 알 수 없다. 그러나 적어도 실직 이상의 힘든 상황에 처해 있던 것만은 분명해 보인다. 실체가 없는 '세상'이야 만만하게 원망한다고 쳐도 '내 아내'를 원망하려 드는 경우는 그리 흔치 않다. 아내에 대한 원망은 곧 나 자신에 대한 원망이다. 따라서 아내를 원망하려고까지 생각했다면 그 상황이 오죽했겠나. 내 손으로 눈알을 후벼 파고 손모가지를 자르고 싶은 심경이었지 않을까.

2008년 11월, 평생 처음으로 실직을 당하고 나는 큰 충격을 받았다. 그래서 많은 사람들을 원망의 대상으로 설정해놓고 필요할 때마다 그들에게 맹공을 퍼부었다. 죽일 놈들, 나쁜 사람들, 더러운 인간들, 괘씸한 자들, 용서 못할 자들 등등. 내 경우에는 이런 상태가 근 1년이나 지속됐다. 처음 당하는 충격인 데다가 생활고가 심해 다른 사람들보다 분노감이 더 컸던 것 같다. 흔히 실직 초기에 그런다고들 하던데 나 역시 한동안 술을 자주 마셨다. 마루에서 마시다 취해 뻗어버려서 아내가 안방으로 끌어다 눕힌 적도 몇 번 있다. 생각해보면 그때 이후 술이 좀 는 것 같다.

살다 보면 '남 탓'인 경우도 분명 있다. 그러나 습관적으로 '남 탓'을 하는 경우가 더 많다. 물론 좋지 않은 습관이다. 한번 '남 탓'을 해버릇하면 매사 '남 탓'을 하게 된다. 잘돼도 남 탓, 안돼도 남 탓, 비가 와도 남 탓, 눈이 와도 남 탓, 매사 이런 식이다. 쿨하게 생각하면 아무것도 아닌 것을 배배 꼬아 삐딱하게 보고 '남 탓'의 소재로 삼는다. 자신의 정신 건강을 위해서라도 '남 탓' 버릇은 버리는 게 좋다. 내 경우에도 '남 탓' 하는 자세를 버리자 정신이 맑아지고 생활도 밝아졌다.

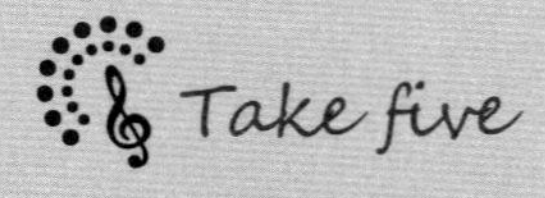

'네 탓' 타령과 칭기즈 칸

"세상에는 자기가 멍청해서 저지른 짓거리의 책임을 아무 의심 없이 통째로 남에게 전가할 수 있는 행복한 인종이 존재한다."

일본 추리소설 작가 와카타케 나나미의 미스터리 단편소설 〈네 탓이야〉의 한 대목이다. 우리 주위에는 이런 사람이 흔하다. 자기 위주이며, 남은 안중에 없다. 나 편하자고 모든 허물을 '네 탓'으로 돌리고 나면 과연 속이 편할까?

이런 사람이 하나 있으면 그 주변 사람은 고통을 겪기 쉽다.

네 탓, 남 탓과 관련해 티베트의 정신적 지도자 달라이 라마는 다음과 같이 얘기했다.

"매사를 남 탓으로 돌리면 그만큼 고통을 겪게 되지만 매사가 내 탓임을 깨닫게 되면 평화와 기쁨을 배우게 될 것이다."

옛말에 '못되면 조상 탓'이라고 했다. 일이 잘되면 그건 다 내 덕으로 여기고, 반대로 일이 잘못되면 모두 조상 탓으로 돌리는 못된 습속(習俗)을 일컫는 말이다. 공(功)은 내가 차지하려 하고 반면 과(過)나 허물은 전부 남 탓으로 돌리려고 하는 게 인지상정이라지만 이건 분명 잘못되었다. 사리분별로 따져도, 인간적 도리로도 그렇다. 무책임하고 비겁한 사람들의 행태일 뿐이다.

만사를 '네 탓', '조상 탓'으로 돌리지 말고 이제부터는 '네 덕이요!', '내 탓이오!' 하며 마음가짐을 바꿔보자. 달라이 라마의 말대로 남 탓을 하면 그만큼 나도 괴로운 법이다. 대신 잘잘못의 원인과 책임을 내 안에서 찾는 자세를 가지면 마음이 한결 편하다. '네 탓' 타령을 일거에 잠재울 만한 칭기즈 칸의 명언을 하나 소개한다.

집안이 나쁘다고 탓하지 말라.
나는 아홉 살 때 아버지를 잃고 마을에서 쫓겨났다.

가난하다고 말하지 말라.
나는 들쥐를 잡아먹으며 연명했고,
목숨을 건 전쟁이 내 직업이고 내 일이었다.

작은 나라에서 태어났다고 말하지 말라.
그림자 말고는 친구도 없고 병사만 10만,
백성은 어린애, 노인까지 합쳐 200만도 되지 않았다.

배운 게 없다고, 힘이 없다고 탓하지 말라.
나는 내 이름도 쓸 줄 몰랐으나
남의 말에 귀 기울이면서 현명해지는 법을 배웠다.

너무 막막하다고, 그래서 포기해야겠다고 말하지 말라.
나는 목에 칼을 쓰고도 탈출했고,
뺨에 화살을 맞고 죽었다 살아나기도 했다.

적은 밖에 있는 것이 아니라 내 안에 있었다.
나는 내게 거추장스러운 것은 깡그리 쓸어버렸다.

나를 극복하는 그 순간 나는 칭기즈 칸이 되었다.

3 가족 이해 구하기

가정이야말로 고달픈 인생의 안식처요,
모든 싸움이 자취를 감추고 사랑이 싹트는 곳이요,
큰 사람은 작아지고 작은 사람은 커지는 곳이다.

– H.G. 웰스(Herbert George Wells)

"집안이 어려우면 어진 아내를 생각해⋯."

나는 연애결혼을 했다. 내 짝을 내가 골랐다는 얘기다. 아내도 자기 입장에서는 그리 생각하지 싶다. 연애결혼과 중매결혼은 각기 장단점이 있으니 어느 것이 낫다고 말하기가 어렵다. 다만 나는 막연하게 연애결혼이 중매결혼보다 살기 좀 편할 것 같다는 생각이 든다.

중매결혼의 경우에는 중매쟁이가 이쪽저쪽을 저울에 올려놓고 달아본 후에 엇비슷하다 싶으면 중매를 서는 게 보통이다. 이해타산적일 수도 있지만 어찌 보면 이게 합리적인 결정일 수도 있다. 반면 연애결혼은 눈에 콩깍지가 씌거나 아니면 '삘'이 꽂혀서 죽자 사자 하다가 결혼하는 경우가 보통이다. 그도 저도 아니면 천생연분이거나. 그러다 보니 선택의 최초 · 최종 책임이 전적으로 당사자들에게 있어 앞에서 얘기한 '남 탓'의 여지가 별로 없다. 오히려 결혼에 대한 자기 확신이 강한 만큼 만족감이 높을 때가 많다. '저 여자(혹은 남자)를 내가 골랐어!' 하는 식의 자기만족감. 물론 정반대의 경우도 있을 수 있다.

내가 지난 5년간의 백수생활을 '별 탈 없이' 견뎌낸 것은 가족 덕분이다. 특히 아내의 따뜻한 이해와 특별한 배려가 있었기에 가능했다. 나의 실직으로 인해 가족 간 갈등이 심해지고 가정이 붕괴되었다면 내 심신은 많이 망가졌을 것이다. 심신이 이 정도로 건강한 것은 가정이라는 울타리가 나를 잘 감싸준 덕분이다. 가족이라는 공동체 시스템이 별 탈 없이 잘 작동해온 덕이다.

가족은 보기 싫으면 안 보고 보고 싶으면 보는 '선택적 존재'가 아니다. 자식이 미워도 호적에서 마음대로 파낼 수 없고, 부모가 밉다고 마음대로 남의 집에 보낼 수 없는 이치다. 아침에 눈뜨면서부터 하루 종일 보고, 잘 때도 같이 자는 게 가족이다. 뜨내기손님이 아니라는 얘기다. 따라서 사이가 좋으면 세상에서 그렇게 좋을 수가 없고 반대로 사이가 나쁘면 그보다 더한 '웬수'가 없다. 그래서 가족관계가 중요하다. 대부분의 사람들은 이걸 잘 모르고 산다.

가족관계에서 가장 중요한 것은 부부 사이다. 결론부터 앞세우자면 부부 사이가 원만한 집은 길게 얘기할 것도 없다. 집안 분위기가 따뜻하고 화기애애하며 볼일이 있어 밖에 나와 있어도 어서 집으로 돌아가고 싶어진다. 집안 분위기가 좋으면 밥상에 김치 한 접시, 된장국 한 그릇만 있어도 가족들 웃음이 그치지 않는다. 남편이 아내에게 음식 타박을 한다는 것은 기본적으로 부부 사이가 원만치 않다고 보면 크게 틀리지 않다. 부부 사이에 금이 가 있으면 아내가 상다리 부러지도록 산해진미를 차려 내와도 남편은 본체만체한다.

우리 부부는 올해로 결혼 29년차다. 자랑 같지만 우리 부부는 비교적 사이가 무난하다. 젊은 시절 부부싸움을 전혀 안 한 것은 아니지만 적어도 마흔 넘어서는 다툰 기억이 없다.

나는 6년째 백수 신세다. 그렇다고 완전히 놀고먹거나 수입이 한 푼도 없는 건 아니다. 그래도 예전 벌이에 비하면 반도 채 안 된다. 자연히 살림살이에 쪼들리는데 그 충격은 1차적으로 살림을 꾸리는 아내가 감당하게 된다. 가장으로서, 남편으로서 아내에게 체면 없는 세월이 이미 6년째다.

그러나 아내는 이 '두식이' 남편에게 하루 두 차례 늘 더운밥을 차려 내온다. 페이스북이나 블로그에 우리 집 밥상을 소개한 적도 있는데, 정성이 듬뿍 담긴 밥상이다. 대개의 경우 1식 4찬 정도로, 아내는 사소하게나마 반찬을 매일 바꾸면서 이 실

열무와 얼갈이에 고춧가루를 버무려 만든 김치,
홍합과 미역을 참기름에 들들 볶다가 물 붓고 들깻가루까지 뿌려내
국물이 걸쭉하고 고소한 홍합미역국,
열무 잎사귀를 적당히 삶아 간을 맞추고 양념을 넣어서
국물이 '째작째작'하도록 찐 열무시래기찜까지.
소박한 밥상이지만 아내의 정성이 담뿍 묻어난다.
사랑이 가득 차려진 밥상은 단순한 '식사' 그 이상이다.

직자 남편의 건강과 체면을 두루 배려해주고 있다. 또 내가 외출이라도 하는 날이면 신발장에서 구두를 꺼내 닦아놓기도 한다. 그러니 나는 실직자라고 해도 여전히 자존감이 살아 있다. 밥상이 주는 메시지는 밥, 식사, 그 이상이다. 만약 아내에게서조차 푸대접을 받는다면 견디기 어려웠을 것이다. 중국의 사마천은《사기(史記)》에 이렇게 썼다.

家貧思良妻
國亂思良相
집안이 어려우면 어진 아내를 생각하고
나라가 어지러우면 어진 신하를 생각한다

우리 집에는 '가족회의'라는 소통 겸 의사결정기구가 있다. 너무 거창하게 말을 꺼냈는지 모르지만 말하자면 가족회의제다. 자주 혹은 규칙적으로 열리는 것은 아니고 집안에 현안이 있을 때 부정기적으로 열린다. 예를 들면, 주말에 바람 쐬러 어디로 갈까? 이사를 간다면 언제, 어느 동네로 갈까? 대략 이런 걸 놓고 온 가족이 집담회(集談會) 같은 모임을 갖는다. 네 명 모두 1인 1표제이며, 만장일치 합의제를 원칙으로 한다. 그간 가족회의가 여러 차례 열렸는데 심각한 의견차로 가족 간에 갈

등이 빚어진 적은 한 번도 없었다.

실직 후 나는 가족회의를 소집해 실직 경위 등을 정식으로 가족들에게 알렸다. 그리고 너그러운 이해를 구했다. 이미 다들 알고 있는 내용도 다른 데서 들어 아는 것과 당사자에게 정식으로 듣는 것은 다르다. 그 자리에서 아내는 지난 24년간(1984~2008) 가족을 위해 가장으로서 헌신해온 나에게 정식으로 감사를 표했다. 두 아이들도 오히려 나를 위로해줬다. 우리는 부부, 부모-자식 이전에 가정이라는 공동체의 구성원이었다. 따라서 우리 사이에는 의사소통은 물론이요, 서로에 대한 예의가 존재하고 있었다.

86년, 88년생인 우리 집 두 아이는 20대 중후반이다. 부모인 내 눈에는 여전히 '아이'이지만 사회적으로는 엄연한 '성인'이다. 그러나 우리 집 두 아이는 아직도 가족 외출 때 엄마 아빠와 동행한다. 지난 추석 연휴 때도 경복궁-북촌마을-인사동 코스를 종일 걸어서 함께 다녔다. 물론 열에 열 번 다 흔쾌히 따라나서는 것은 아니지만 별 일정이 없으면 잘 따라다닌다. 나는 그게 참 좋다. 다니는 내내 나는 한 손에는 아내, 다른 한 손에는 아이의 손을 번갈아가며 잡아준다. 다른 걸로는 부족할지언정 스킨십만이라도 부족하지 않게 하려는 것이다.

내가 실직하게 되면서 딸은 어릴 적부터의 꿈을 포기해야만 했다. 아들 역시 비슷하다. 나는 그 점이 늘 마음의 짐이다. 부모로서 제대로 뒷바라지해주지 못한 심정은 겪어본 사람이 아니면 공감하기 어렵다. 그러나 두 아이 모두 나를 원망하거나 타박한 적 없다. 물론 속으로는 아쉬움이 없지 않을 것이다. 평생 내 편이자 조강지처(糟糠之妻)로 나와 고락을 함께해온 아내 역시 마찬가지다. 현실적인 고통이 간단치 않겠지만 아내는 늘 나의 결정을 존중했고 또 믿고 따라줬다. 아내는 내 인생 최고의 동반자이자 후원자로 늘 내 곁에서 나와 함께했다.

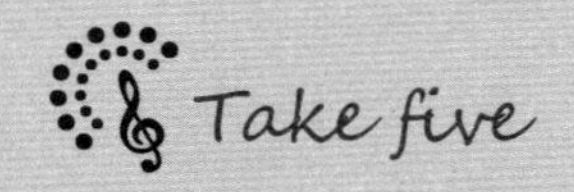

배우자와 잘 지내기

오래전에 주간지에서 이런 기사를 읽은 적이 있다. 대기업 해외건설 담당 중역인 K씨는 어느 날 돌연 사표를 내고 살림을 정리하여 뉴질랜드로 이민을 떠났다. 그는 그곳에서 세탁소를 운영하며 지냈는데 지인이 행복한지를 묻자 그렇다고 답했다고 한다. K씨가 말한 행복의 이유는 '하루 종일 아내와 같이 있을 수 있어서'란다. 직장에서 해외건설 담당이었던 탓에 20여 년 동안 아내와 떨어져 지낸 것이 한이 됐던 것이다.

그러나 아내와 함께 있는 시간을 행복하게 누리는 백수나 은퇴자는 그리 많지 않다. 오히려 정반대인 경우가 많다면 많을 것이다. 매일 거실에서 시간을 죽인다 하여 '공포의 거실남', 하루 종일 잠옷 차림으로 지낸다고 해서 '파자마 맨', 떼려 해도 떨어지지 않는 '젖은 낙엽'에서부터 세 끼를 집에서 먹는다고 하여 붙여진 '삼식이'까지. 백수를 비하하는 수많은 표현들은 백수나 은퇴자가 가족들, 특히 아내에게 성가신 존재로 취급받는 현실을 잘 보여준다. 물론 그렇지 않은 경우도 전혀 없지는 않을 것이다.

집에서 많은 시간을 보내야 하는 백수나 은퇴자는 가족 중에서도 배우자와 잘 지내는 것이 중요하다. 대개는 자녀들이 결혼해서 둘만 남게 되는 경우가 많은데 두 사람 사이가 껄끄러우면 그보다 더한 지옥도 없을 것이다. '황혼 전쟁'이라는 말도 이렇게 생겨난 것이고, 심하면 '황혼이혼'으로 이어지는 것이 다반사다. 그렇게 되면 가정이 깨지고 집안이 무너지기 쉬우니 사전에 잘 관리해야 한다.

배우자, 아내와 잘 지내려면 아내를 도와주거나 취미 생활을 함께하는 것이 제일 좋다. 50세 전후의 은퇴자라면 그의 아내도 50세 전후이기 쉬운데, 여성은 이때 대개 갱년기를 맞이하므로 심신이 힘든 시기를 지나고 있을 것이다. 아내를 대신해 청소나 설거지 같은 잔일을 도와주면 아내가 좋아할 것이다. 또 부부가 같이 스포츠댄스를 배워보는 것도 좋고, 반대로 적절한 거리를 두고 서로 편하게 지내는 것도 한 방안이라고 한다.

세상에 저절로 되는 것은 없다. 부부간에도 좋은 관계를 유지하려면 서로 노력이 필요하다. 다름을 인정하고 서로에게 맞추려는 노력이 필요한 것이다. 전문가들은 노후의 가장 이상적인 배우자 관계는 친구처럼 살아가는 것이라고 한다. 꼭 노년의 부부에게만 해당되는 것은 아니지만 상대적으로 그렇다는 뜻일 게다. 그리고 행복한 부부의 가장 큰 덕목은 역시 대화라고 할 수 있다. 시시콜콜한 것을 가지고도 알콩달콩 얘깃거리를 만들어내는 지혜가 절실하다.

산속에 살면 마음이 맑고 시원하며
대하는 것마다 모두 아름다운 생각이 드느니라.
외로운 구름과 들의 학을 보매
속세에서 초월한 생각이 들고,
돌 사이를 흐르는 샘물을 만나매
때 묻은 마음을 씻어버리고 싶은 생각이 일어나며,
늙은 전나무와 추위 속의 매화를 어루만지매
절개가 우뚝 서고,
모래밭 갈매기와 사슴들과 노닐매
번거로운 마음을 다 잊게 되노라.

– 홍자성(洪自誠), 《채근담(菜根譚)》

4 동네 뒷산 벗하기

"뒷산에 오르면 누구나 철학자가 된다."

우리나라는 국토의 7할이 산이다. 좀 과장하자면 온 천지가 산이다. 지난여름 한 시민단체의 초청으로 경남 거창에 특강을 다녀온 적이 있다. 서울 남부터미널에서 고속버스를 탔는데 꼭 세 시간이 걸렸다. 거창이 가까워지자 차는 산골짜기를 굽이굽이 돌며 달렸다. 강원도 저리 가라 할 정도로 이쪽도 산이 깊었다. 거창 인근 함양에서 태어나 산에 익숙한데도 그날은 왠지 산이 조금 지겨울 정도였다.

수년 전 영국 북부의 한 도시에서 열린 국제행사 참석차 그곳으로 며칠 출장을 다녀왔다. 이동하면서 주마간산 격으로 기차에서 본 풍경 가운데 더없이 넓은 목초지대가 매우 인상적이었다. 다른 지역은 몰라도 그 인근에서는 산을 보기가 어려웠다. 이를 두고 동행한 한 인사는 영국이 국토는 그리 넓지 않지 만 토지 활용도가 매우 높은 나라라고 알려주었다.

90년대 중반에는 중국을 거쳐 백두산에 오른 적이 있다. 북경에서 기차를 타고 심양을 거쳐 연길로 가는 코스였다. 북경-심양은 논스톱으로도 무려 14시간이 걸렸는데 좌우로 옥수수 밭뿐이었던 기억이 난다. 그 먼 거리를 가는 동안 산은커녕 언덕도 하나 본 기억이 없다. 이른바 '만주벌판'으로 불리는 연길, 용정 등에도 산은 그리 많지 않았다. 청산리전투, 봉오동전투 현장 인근에 가서야 산다운 산을 만났던 것 같다. 한국에서는 온 천지가 산인데 산이 그리 흔한 것만은 아니었던 것이다.

한국을 찾은 외국인들이 놀라는 것 가운데 하나가 서울 주변의 산이라고 한다. 서울에서는 어디서든 20분 이내에 산에 도착할 수 있다고도 하는데, 틀린 말은 아닌 것 같다. 옛 서울, 즉 강북은 애당초 8악(岳)을 병풍 삼아 건립된 도시다. 그래서 산에 폭 안겨 있다 해도 과언이 아니다. 도심 속에 남산 같은 산이 있는 대도시가 그리 많지 않다고 한다. 도시 한가운데 한강 같은 거대한 강이 흐르는 도시는 더 드물고.

나는 독립문 네거리 인근에 살고 있다. 구체적으로는 옛 서대문형무소 자리 옆에 살고 있다. 우리 동네 뒤에는 안산(鞍山)이, 건너편에는 인왕산이 있다. 동네 뒷산이니 안산까지 가는 시간은 얘기할 것도 없다. 엎어지면 코 닿을 거리다. 높이도 해발 200미터 안팎으로 산이라고 하기에는 좀 민망하기도 하다. 마음만 먹으면 하루에 두 번도 거뜬히 갔다 올 수 있다. 연대 교수 출신으로 영문학자이자 수필가인 이양하 선생의 〈신록예찬〉의 무대가 바로 이곳 안산이다. 봄이면 안산은 꽃 대궐이 된다. 이곳으로 이사 온 후 지인들과 몇 번 오른 적이 있는데 다들 찬사를 아끼지 않았다.

어릴 적 시골에 살 때 '뒷동산'이라는 게 있었다. 동네 아이들이 하루 종일 거기 모여 놀았다. 당시는 요즘처럼 오락기가 있는 것도 아니었고 하다못해 공도 하나 없었다. 그래서 자연 그 자체가 놀이터요, 또 놀이기구였다. 정월 대보름이면 동네 어른들이 거기서 '달불놀이'를 하며 축제를 벌였다. 그 시절 뒷동산은 산이라기보다 동네 놀이터이자 작은 무대였다. 물론 이제는 '호랭이' 담배 피우던 시절 얘기가 됐다. 요즘은 시골에도 그런 문화가 사라진 지 오래다.

나는 일주일에 한 번 정도는 안산에 오른다. 꼭 운동을 위해서만은 아니다. 그냥 하릴없이 오른다. 무턱대고 가는 건 아니고 놀기 삼아 쉬기 삼아 간다는 게 맞지 싶다. 이 산 저 산 할 것 없이 산은 모든 걸 아낌없이 준다. 때를 가리는 법도, 사람을 가리는 법도 없다. 봄에 가면 봄의 환희와 신록을, 여름에 가면

짙은 녹음과 생명의 향연을, 가을에 가면 서늘한 바람과 단풍을 선사한다. 그리고 겨울에 가면 매서운 바람과 얼어붙은 눈밭으로 위협하기도 한다. 나에게는 물론이요, 산을 찾는 모든 이들에게 그런다.

혼자 뒷산을 오르다 보면 누구나 다 철학자가 된다. 산, 나무, 바람은 '무언의 대화'를 통해 사람들을 철학자로 만들어버린다. 그냥 느끼고 저절로 깨닫게 되는 것이다. 산과 나무는 언제나 제자리를 지키고 서 있다. 그런데 나무는 비탈에 서 있거나 양지 녘에 서 있거나 선 자리를 탓하는 법이 없다. 바람은 정해진 자리가 없다. 기압골에 따라 이쪽저쪽을 두루 다니며 세상 소식을 전한다. 바람도 제 자리가 없다고 불평하지 않는다. 온 천하가 제 자리라고 여기기 때문일 것이다. 등산 가방에 사과 하나, 물병 하나 찔러 넣고 나서면 나는 오늘도 저절로 철학자가 된다.

사람들은 산에 오르는 것을 너무 '목적적'으로 여기는 경우가 많다. 하긴 산은 다분히 승부 근성과 정복욕을 자극하는 존재다. 그런데 뒷동산은 판연히 다르다. 언제나 반겨주고 내 얘기를 귀담아 들어주는 단골 술집 마담 같다고나 할까? 그래서 마땅히 갈 곳이 없다면 뒷산에 오르면 된다. 딱히 갈 데가 없으면 단골집에 가지 않던가. 멀리 가고 싶은데 돈도 없고 사정이 여의치 않다면, 그때도 뒷산을 찾으면 된다. 사람한테 지쳐 힘들 때도 뒷산이다. 뒷산은 언제나 나를 반긴다. 그리고 어떤 얘기를 해도 지겨워하거나 성내지 않고 다 들어준다. 요즘 세상에는 어디를 가도 그렇게 대접받기 어렵다. 뒷산이니까 그렇게 해주는 거다.

실직의 고통, 외로움, 고적함을 달래기에 동네 뒷산만 한 벗이 없다. 거부감 없고, 돈 들지 않고, 선뜻 찾아가도 군말 없다. 게다가 건강에까지 도움을 주니 두말해 무엇하랴. 찾아보면 동네 주변에 뒷산 하나씩은 다 있다. 나는 뒷산 등산은 운동이나 취미 생활과 다른 차원으로 이해한다. 입고 있던 추리닝 바지 채로, 체면 차릴 것 없이 이웃 동네 마실 가듯 가는 것이다. 가을이 되면 뒷산의 풍광도 여느 명산(名山) 못지않다. 고단한 내 영혼이 쉴 곳은 심산구곡(深山九曲)이 아니라 늘 내 곁에 있는 수수한 옷차림의 아내와 같은 뒷산이다.

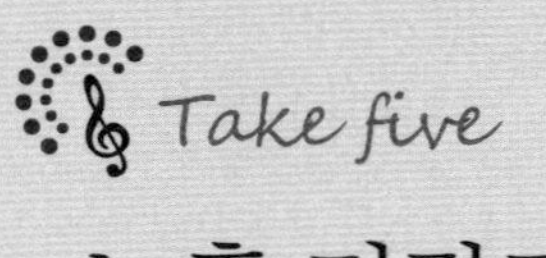

노후 건강관리

은퇴할 나이가 되면 이미 중년이다. 노년이라고 하기에는 좀 이르지만 50 전후의 중년 역시 이미 반 노인이다. 자동차로 치면 중고차 수준을 넘어 폐차 단계로 접어든 셈이다. 이미 엔진 오일이나 타이어는 수차례 교체했고, 더러는 엔진도 손보기 시작할 때다. 아직 도로 한가운데서 멈춘 적은 없지만 그런 걱정이 들기도 한다. 그래서 미리미리 점검하고 필요시 보링 작업도 해놔야 한다. 중년이 바로 꼭 그런 나이다.

사람은 60조의 세포로 구성된 다세포 생명체다. 각각의 세포는 자신의 역할에 최선을 다해야 하고, 서로 친밀한 대화를 통해 항상 건강을 유지해야 한다고 전문가는 말한다. 그런데 나이가 들면 이 세포들의 기능이 현저히 떨어진다. 이게 바로 노화 현상이다. 현대의학도 노화를 막을 수는 없다. 나이 들면 늙고, 늙으면 죽는 것이 당연한 이치겠지만 사는 동안이라도 건강하게 사는 것이 인간의 소박한 욕망이다.

노후에 돈 관리만큼이나 중요한 것이 바로 건강을 챙기는 일이다. 질병이 있거나 심각한 부상을 당하게 되면 생활비의 상당 부분이 치료비로 나간다. 따라서 건강관리를 잘하는 것은 넓은 의미의 재산 관리라고 할 수도 있다. 노후의 건강 유지를 위해 의사들이 한결같이 하는 얘기가 있다. 당뇨, 고혈압, 동맥경화 등 소위 노인성 질환 예방을 위해 식습관을 잘 들이고 적절한 운동, 효과적인 수면 등이 필요하다고 말한다. 삼척동자도 이미 다 아는 얘기다.

건강은 꼭 육체의 건강만이 전부가 아니다. 겉으로 보면 사지육신이 멀쩡한데도 정상적으로 생활하지 못하는 사람이 적지 않다. 육체 못지않게 정신의 건강도 중요하다는 얘기다. 정신 건강을 위해서는 무엇보다도 온전한 정신 상태가 전제돼야 한다.

돈이 없어도 가정이 화목하면 된다. 몸이 불편해도 정성으로 보살펴주는 가족이 곁에 있으면 그 사람은 불행하지 않다. 반대로 고급 양로원에서 특급 서비스를 받으며 지내도 가족에게 내팽개쳐진 노년의 삶은 외롭고 쓸쓸하기만 하다.

결국 정신 건강은 운동이 아니라 인간관계를 통해 유지할 수 있다. 배려와 양보, 가족 간의 따뜻한 대화, 서로를 칭찬해주고 어루만져주는 스킨십, 가족과 함께 보내는 시간과 다정한 관심, 원만하고 행복한 부부 생활, 주변을 돌보는 봉사 자세 등이 바로 건강한 정신을 배태시키는 법이다. 백수일수록, 은퇴자일수록 가족과 주변을 배려해야 한다. 그리하면 육체와 정신의 건강은 절로 따라오게 마련이다.

5 좋은 인연 살리기

내가 듣기로 친하다는 것은
그 친한 것을 잃어버리지 않는다는 것이고,
옛 친구라는 것은 그 옛일을 잃어버리지 않는다는 것이다.

–《공자가어(孔子家語)》

"친구란 두 신체에 깃든 하나의 영혼!"

사람은 살아가면서 무수한 인간관계를 맺는다. 물론 외부 활동이나 교제의 깊이와 폭에 따라 개인차는 있다. 그러나 이 세상에 태어나서 그 누구와도 인연을 맺지 않고 삶을 마치는 경우는 없다. 적어도 한 번은 누군가의 자식이 되고 누군가의 부모가 된다. 인간관계 중에서 피로 맺어진 혈연은 그 어떤 상황에서도 절대 끊을 수가 없다. 부모-자식 간을 흔히 천륜(天倫)이라고 한다. 하늘이 맺어준 인연이므로 끊을 수 없다는 뜻이다. 홧김에 '호적에서 파버리겠다'며 자식에게 막말하는 부모가 있는데, 그건 말뿐이다. 만약 이게 실지로 가능하다면 어떨까? 호적에서 파인 자식들을 열차에 싣는다고 하면 열차 100량(輛)도 모자랄 것이다.

고대 그리스의 철학자 아리스토텔레스는 일찍이 “인간은 사회적 동물이다.”라고 말했다. 인간은 혼자 살아갈 수 없다는 뜻이다. 인간은 사회 또는 공동체 속에 있어야 행복해질 수 있다. 아리스토텔레스는 만약 혼자 사는 사람이 있다면 그는 야수(野獸)이거나 신(神)이라고 했다. 1920년 캘커타에서 발견된 두 ‘늑대소녀’의 이야기를 떠올리면 이해가 빠를 것이다. 발견 당시 이들은 말은커녕 네 발로 걸으며 날고기와 우유밖에 먹지 않았고 밤이 되면 늑대 울음소리를 내며 짖었다. 그러나 고아원에 수용돼 목사 부부의 양육을 받으면서 점차 인간의 감정과 모습을 찾고 마침내 인간이 되었다.

사회신경과학 창시자인 존 카치오포 박사는 《인간은 왜 외로움을 느끼는가》에서 인간의 외로움은 신체 건강과 판단력 같은 뇌 기능을 손상시켜 사회적 성공에도 큰 장애가 된다고 말한다. 그래서 인간은 외로움을 피하도록 진화해왔으며, 생존을 위해서는 사회적 유대가 필요하다. 또 인간은 유대감이 충족될 때 기분 좋은 느낌을 받을 뿐 아니라 안정감을 갖는다. 심지어 인간은 오랜 진화과정에서 ‘사회적 유대’가 생존에 유리하다는 걸 알고는 더 발전시키기 위해 이를 유전자에 새겨 넣었다고 카치오포 박사는 주장한다. 결국 사람이 살아가는 데 있어 인간적 유대는 선택이 아니라 필수다.

며칠 전 내 블로그를 통해 모 매체 기자에게 쪽지를 하나 받았다. 나는 그와 모르는 사이다. 제대로 전달되지 않을 것을 우려했는지 같은 글을 두 번이나 보냈는데 알고 지내온 어떤 교수님에 관한 내용이었다. 최근 그 교수님을 취재차 만났다가 우연히 내 이야기가 나왔는데 나와 연락이 끊겨 아쉬워하더라고 했다. 그러면서 그 교수님 연락처를 알려주며 한번 통화해보라고 했다. 근대 한국건축사(史)의 최고 권위자인 목원대 김정동 교수님이었다. 나는 바로 전화를 걸어 오랜만에 반가운 이야기를 나누었고, 정년퇴직 후 지금은 서울에 계신다고 해서 조만간 만나기로 했다. 그러고 보니 내가 신문사를 그만두면서 김 교수님과는 연락이 끊겼다.

실직을 하게 되면 인연이 끊어지는 경우가 너무나 많다. 가족 이외 업무상 인간관계는 대부분 깨지거나 사실상 소용이 없게 된다. 일단 집 밖 출입이 줄면 만남이 줄고, 만남이 줄면 연락이 끊기기 쉽다. 실직자한테 특별한 볼일 없이 전화 거는 사람은 별로 없다. 나는 비교적 활동 범위가 넓은 편이었는데도 결과는 비슷했다. 집 근처를 지나는 길에 생각났다며 연락하는 언론계 선후배, 출판사나 단체 등의 원고나 강의 요청 전화, 가뭄에 콩 나듯 걸려오는 지인들의 안부 전화가 전부다. 오는 전화는 그렇고, 내가 특별히 전화할 곳도 별로 없다. 완전히 백수가 되어 집에서 일을 보기 시작한 이후로는 전화요금이 전에 비해 반도 나오지 않는다. 실직자가 되면 일단 외부와의 물리적인 연락이 급격히 감소하는 게 보통이다.

내가 의도하지 않았어도 사람들과의 관계가 끊어지면 고립감과 함께 극심한 외로움을 느끼게 된다.(물론 이것도 개인의 성격이나 생활 태도에 따라 차이는 있을 수 있다.) 그러면 앞에서 언급한 카치오포 박사의 진단처럼 심신의 건강과 판단력에 장애가 올 수 있다. 일부 실직자들이 폭음하는 이유가 대개 그런 것일 테다. 실지로 나도 실직 초기에는 집에서 자주 술을 마셨다. 터져 나오는 분노와 이유 없는 자책(自責)을 감당하는 데는 술이 유용한 측면이 있다. 하지만 과음을 하면 이튿날 늦잠을 자게 마련이고 그렇게 하루가 지나가고 나면 허무해서 또 한 잔. 결국 악순환이 연속되면서 마침내 심신이 망가지고 만다.

십수 년 전 일본에서 한 할머니가 자신이 사망했다는 거짓 부고를 낸 적이 있다. 지인들은 할머니의 죽음을 안타까워하며 문상을 갔다. 그런데 가서 보니 돌아가셨다는 할머니가 버젓이 살아 있는 게 아닌가. 대체 어찌 된 일이냐는 물음에 할머니는 “내가 언제 죽을지도 모르고, 죽고 나면 누가 문상을 왔는지도 모를 테니 미리 이 세상을 떠나는 걸로 치고 여러분들을 만나 보고자 한 것이다. 또 내 손으로 직접 대접도 하고…….” 이렇게 대답했다. 보고 싶은 사람들을 한꺼번에 볼 수 있으니 나름 '굿 아이디어'라는 생각이 든다.

그런가 하면 죽기 전에 자신의 '부음광고'를 미리 써둔 사람도 있었다. 언론인 진학문(秦學文, 1889~1974)이 그 주인공이다. 1974년 2월 7일자 〈동아일보〉 광고란에 아래와 같은 이색 광고가 실렸다.

그동안 많은 총애를 받았사옵고, 또 적지 아니한 폐를 끼쳤습니다. 감사합니다. 나는 오늘 먼저 갑니다. 여러분 부디 안녕히 계십시오. 1974년 2월 3일. 秦學文

고인의 뜻에 따라 화장으로 하고 여러분의 염려하여주신 덕택으로 모든 일을 무사히 끝마쳤음을 충심으로 감사드립니다. 1974년 2월 7일. 미망인 秦壽美, 우인 崔承萬

진학문이 2월 3일 사망하자 5일자로 3일장을 치르고 7일자로 이 광고가 실렸다. 위의 부고(訃告)는 진학문이 생전에 미리 써놓은 것이고, 부고 끝의 사망일자는 그의 친구 최승만이 써넣은 것이다. 그 아래 내용은 진학문의 부인과 최승만이 장례식 후 조문객들에게 답례로 쓴 것이다. 죽기 전에 자신의 부음

광고를 남긴 사람은 진학문이 처음 아닌가 싶다.

2009년 가을, 경기도 산본 리영희 선생님 댁을 방문한 자리에서 무슨 말 끝에 내가 이 얘기를 꺼냈더니 선생님께서 "나도 그러고 싶다. 내 손으로 모든 분들에게 감사도 드리고, 유서도 미리 써놓고."라고 말씀하신 기억이 난다.

실직 후에 문득 내가 죽은 후 빈소의 풍경이 어떨지를 상상해본 적이 있다. 나 죽고 난 뒤에 빈소 잘 차리면 뭣하겠는가. 또 나 죽고 난 뒤에 영정 앞에서 울고불고해봐야 그게 무슨 소용이 있을까마는 그래도 한번 상상해봤다. 우선 누가 내 빈소에 문상을 올 것이며, 또 그들 중 내 영정 앞에서 뜨거운 눈물을 쏟을 사람은 몇이나 될까. 이걸 숫자로만 논할 것은 아니지만 다행스럽게도 내 속으로 그리 서운하지는 않았다. 내가 평소 좋아하고 또 존귀(尊貴)하게 여기는 '좋은 인연'들이 여럿 그 자리에 모여 있었다.

힘들고 지쳐 쓰러져 있을 때 나를 일으켜 세워주는 사람은 1차적으로 가족이다. 그리고 그다음이 '좋은 인연', 즉 친구나 동지들이다. 누구에게나 그런 '좋은 인연'이 하나쯤은 있다. 악조건 속에서도 '좋은 인연'은 잘 살려가야 한다. 마치 화롯불의 불씨와도 같다. 밖에서 만난 '좋은 인연'을 나는 '사회적 피붙이'라고 이름 붙이고 싶다. 인디언 속담에 '친구란 내 슬픔을 등에 지고

가는 자'라는 말이 있다. 또 철학자 아리스토텔레스는 '친구란 두 신체에 깃든 하나의 영혼'이라고 했다. 이만하면 친구, 즉 '좋은 인연'을 '사회적 피붙이'라고 할 만하지 않은가. 그들의 위로와 격려가 있었기에 나는 실직의 고통을 감내할 수 있었다.

Take five

'꿈 명함' 갖기

근년에 대구 〈매일신문〉에서 은퇴자에 관한 내용으로 장기 기획 연재를 한 바 있다. 지방지로서는 꽤 파격적인 기획이었는데 내용이 상당히 알차 이 책에서도 더러 참고했다. 여러 아이디어 가운데 내 눈을 확 끈 것이 바로 '꿈 명함 갖기'였다. 이는 대한은퇴자협회 회장의 제안이라고 하는데 공감하는 바가 매우 컸다. 나 역시 20여 년간 직장생활을 하면서 이런저런 보직을 맡았지만 지금 내 명함에는 이름 석 자와 휴대전화번호, 그리고 블로그 주소만 게재돼 있다. 전직을 쓰는 건 조금 우스워 보였다.

실직한 후 처음 겪는 당황스러운 때가 만나는 사람에게 명함을 내밀지 못해 쭈뼛쭈뼛할 때다. 사회 활동에서는 명함을 주고받는 일이 지극히 자연스럽게 이루어진다. 그래서 명함은 그 사람의 직책과 연락처를 알려주는 매개체인 동시에 세상을 살아가는 자신감의 표현이기도 하다. 그런데 어느 날부터 명함을 내밀지 못하게 되니 사람이 위축되고 작아지게 마련이다. 그래서 혹자는 명함의 상실을 "사회적 자존감의 상실이며 힘의 추락이며 좌절"이라고도 말했다.

백수나 은퇴자는 이제 영영 명함을 가질 수 없을까? 꼭 그런 것만도 아니다. 이 글의 제목처럼 '꿈 명함'을 만들어 갖고 다니면 어떨까? '꿈 명함'이란 과거 직장의 직책이 있던 자리에 자신의 '꿈'을 적어 넣은 명함을 말한다. 말하자면 '일요 화가 ○○○', '영원한 블로거 ○○○', '평생 자원봉사자 ○○○'와 같이 써넣으면 된다. 격식을 따질 필요도 없고 누구 눈치를 볼 것도 없다. 남은 내 인생의 계획표를 담으면 그뿐이다. 어찌 보면 이런 명함은 은퇴 이후에나 가질 수 있다.

'꿈 명함'은 상대방과의 대화를 쉽게 이끌어내줄 뿐 아니라 상대방에게 자신을 깊이 각인시키는 효과도 있다. 이를 매개로 비슷한 꿈이나 취미를 가지고 있는 사람과의 만남도 이뤄질 수 있어 사교 수단으로서도 손색이 없다. 은퇴 후에 고향으로 내려가 귀농하겠다고 밝혀온 서규용 전 농림수산식품부 장관은 자신의 명함에 'Mr. 귀농귀촌'이라고 적었다. 서 전 장관에게

이 명함은 일종의 '꿈 명함'인 셈이다.

'꿈 명함'은 자신의 미래 계획을 보여주는 동시에 작은 도전 의식을 드러낼 수 있는 훌륭한 장치다. '꿈 명함'을 통해 은퇴자들 스스로 하나의 '개인 브랜드'를 만들어 자신감과 의욕을 되찾을 기회로 삼으면 어떨까? 경우에 따라서는 '꿈 명함'이 일자리로 연결될 가능성도 없지 않다. 백수나 은퇴자도 자신을 알리는 일을 게을리하면 안 된다.

6 일상사 기록하기

역사를 만드는 것은 누구나 할 수 있다.
그러나 역사를 기록하는 것은 위대한 사람만이 할 수 있다.
– 오스카 와일드(Oscar Wilde)

"무언가를 기록한다는 것은 존엄한 일!"

고대 원시인들이 살던 동굴에는 그림 형태의 기록들이 많이 남아 있다. 동서양을 통틀어 마찬가지다. 보존 방식 문제를 놓고 논란을 빚고 있는 울산 반구대 암각화도 사실은 그림이 아니라 기록으로 봐야 한다. 그 당시에는 오늘날과 같은 정제된 문자가 없었을 뿐이다. 기록하는 것은 아마 인간의 본능이지 싶다.

몇 십 년도 더 된 얘기다. 한 일본인이 추락하는 비행기 속에서 불과 몇 분(혹은 몇 십 초) 사이에 가족에게 전하는 말을 메모로 남겨 화제가 됐다. 아무리 기록을 좋아하는 일본인이라고 하지만 상상이 잘 안 된다. 추락 직전, 거의 아수라장이 되다시피 했을 비행기 안에서 필기구와 종이를 찾아 기록한다는 것이

진짜로 가능할까? 실물이 발견되지 않았다면 이 초인적인 '기록 본능'을 믿을 수 없었을 것이다.

흔히들 오해하지만 꼭 많이 배운 사람만이 기록하는 것은 아니다. 그들이 기록하는 것은 단순히 기록 차원이 아니라 논(論)이라고 봐야 할 것이다. 생활인들이 쓰는 것은 기(記)나 술(述)이라고 보면 적절하다. 생활의 기록이요, 생각나는 대로 내뱉은 얘기이기 때문이다. 그런데 이런 것이 모여서 거창한 역사(歷史)가 된다.

우리나라에는 국가기관이나 유명 인사들이 남긴 기록만을 귀하게 취급하는 습속이 있다. 이른바 거시사(巨視史) 중심 사관이다. 반면 유럽에서는 미시사(微視史)를 대단히 중시한다. 거시사란 '서기 몇 년에 무슨 왕조가 들어섰고 무슨 큰 사건이 터졌고' 하는 식이다. 편년체 연표 형식의 사건 중심이다.

반면 미시사는 당시 사람들의 옷, 음식, 놀이 문화 등에 주목한다. 말하자면 생활사 중심이다. 근래 국내 출판계에도 미시사 책들이 더러 출간되었다. 《조선시대 사람들은 어떻게 살았을까》, 《한국인의 생활사》, 《똥오줌의 역사》 등이 그렇다.

무얼 기록한다는 것이 꼭 책 출간을 전제로 하는 것은 아니다. 기록은 그저 기록일 뿐이다. 산 사람이 숨 쉬고 밥 먹듯이 기록은 그저 생활인 삶의 일부일 따름이다. 기록 가운데 알맹

이가 있거나 대중과 호흡할 만한 가치가 있고 출판사와 인연이 닿으면 더러 책으로 재탄생한다. 물론 작가나 학자들이 처음부터 책 출간을 목적으로 쓰는 경우는 얘기가 다르다. 이런 경우는 기록 대신 집필이라고 부른다.

기록은 그리 거창하거나 요란하지 않다. 옛날 어른들의 치부책에서부터 아이들의 그림일기에 이르기까지 내용과 형식이 천차만별, 가지각색이다. 누가 뭐라 할 사람도 없다. 쓰는 사람 제멋대로, 제 마음대로다. 따라서 기록하고자 하는 의지만 있으면 누구나 생산자가 될 수 있다. '상황론' 같은 건 아예 치고 들어올 틈이 없다. 말하자면 직장 다닐 때는 기록했는데 실직했다고 기록하지 않을 이유가 없다. 기록 의지에 변화가 있느냐 없느냐의 차이일 뿐이다.

나는 이런저런 글 쓰는 일을 업으로 지내왔기 때문에 실직 이후에도 꾸준히 글을 쓰고 있다. 청탁을 받아서 쓰는 글도 더러 있지만 상당수는 그냥 쓰는 것이다. 내게 있어 글쓰기는 내가 살아 있음을 확인하는 방법이자 신경안정제와 같은 역할을 한다. 어릴 때는 일기장에 일기를 썼고 학교 졸업 후 언론사에 들어가서는 업무로 매체에 글을 썼다. 그러다가 글 쓰는 직장을 그만두고는 블로그에 글을 쓰고 있다. 올해로 7년째 운영해오고 있는 내 블로그에는 '잡초'가 전혀 없다. 잡초는 주인이 제대로 돌보지 않는 묵은 밭에서 생겨나는 법이다. 나는 하루에도 몇 번씩 밭(블로그)을 살핀다. 따라서 내 밭에는 잡초가 생겨날 틈이 없다.

왜 줄기차게 글을 쓰는가? 자답(自答)하자면 내게 글쓰기는 매일 먹는 밥과 같다. 아침밥을 먹었다고 해서 저녁밥을 굶지는 않는다. 또 어제 먹었다고 해서 오늘 굶는 경우는 없다. 같은 이치다. 어제 썼다고 오늘 그치지 않고, 아까 썼다고 지금 쓰는 것이 새삼스럽지 않다. 왜? 내게는 글 쓰는 것이 일상(日常)이니까. 안중근 의사가 뤼순감옥에서 쓴 휘호 '하루라도 책을 읽지 않으면 입에 가시가 돋는다(一日不讀書口中生荊棘)'와 비슷하다고나 할까.

뭔가를 기록한다는 것은 그 자체로 존엄한 일이다. 소설가 조정래 선생은 언젠가 한 인터뷰에서 자신은 매일 아침 집필실로 '출근'한다며 집필실을 '행복한 글 감옥'이라고 표현했다. 조 선생은 전업 작가이니 그렇다 치고, 문제는 마음먹기다. 집필실이 없어도 관계없다. 창작품이 아니어도 괜찮다. 속된 말로 글나부랭이라도 상관없다. 뭔가를 쓰고 기록하는 행위, 바로 그 자체가 존귀하고 아름다운 것이다.

대학자 다산 정약용은 유배지에서 수백 권의 책을 썼다. 다산 선생과 견줄 바는 아니지만 다산은 책을 저술한 연유를 두고

"당장의 근심을 잊고자 해서만이 아니다. 사람의 아비나 형이 되어 귀양살이하는 지경에 이르러서 저술이라도 남겨 나의 허물을 벗고자 함"이라고 아들에게 보낸 편지에서 밝힌 바 있다.

내가 글쓰기를 존귀하다고 상찬(賞讚)하는 이유는 간단명료하다. 글 쓰는 시간은 자신을 돌아보는 성찰(省察)의 시간이기 때문이다. 현대인들은 자신을 돌아볼 틈이 별로 없다. 틈이 나면 성찰하기보다 엔터테인먼트로 관심을 돌린다. 몸에 쓴 약보다는 입에 당장 단 꿀에 손이 가는 것은 인지상정이다. 그러나 글을 쓰면서 삿된 마음을 갖는 사람은 없다. 또 글을 쓸 때는 이기심이나 욕정에 사로잡히지 않는다. 그래서 글을 쓰면 마음이 차분해지고 엄숙해진다.

실직자일수록 오늘 하루를 되돌아보는 성찰이 필요하다. 별로 기록할 것도 없는 하루라고 여기지 말 일이다. 죽지 않고 살아서 숨 쉬고 하루를 버텨낸 것도 대단한 일이다. 중환자실에서 산소 호흡기에 의존하지 않고 하루를 보낸 것만도 감사한 일이다. 작은 것이 소중하고 사소한 것이 위대하다. 어제를 헤집어보면 오늘이 있고 오늘을 들여다보면 거기에 내일이 있다. 하루하루의 기록만이 바로 그 길을 안내해줄 것이다. 쪽지 글도 좋고 일기도 좋다. 뭐가 됐든 간에 쓰고 기록하는 습성을 이제라도 들여야 한다. 그래야 내게도 미래가 열린다.

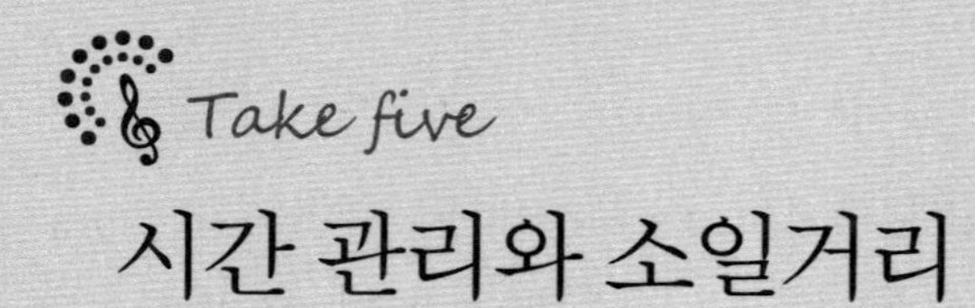

시간 관리와 소일거리

'은퇴 후에도 30년을 더 살아야 한다면 이는 축복일까, 재앙일까?' 누군가 이런 질문을 던졌다. 심신이 건강하고 경제적으로 여유롭다면 '100세 시대'는 분명 신의 축복이다. 그러나 그 반대의 경우라면 재앙일 수도 있다고 본다. 골방에서 종일 텔레비전 보는 것으로 시간을 보내거나 갈 곳이 마땅찮아 죽으나 사나 산에만 가야 한다면 그건 고역일 것이다. 남은 30년의 시간을 유용하게 관리하는 방법을 찾고 소일할 수 있는 '거리'를 만들어야 한다.

흔히 은퇴자들은 돈만 있으면 노후 준비가 다 된 것으로 생각한다. 그러나 그건 엄청난 착각이다. 중요한 건 돈이 아니라 넘쳐나는 '시간들'이다. 하루 24시간 중 수면과 일상생활에 소비하는 시간을 13시간 정도로 잡으면 11시간이 남는다. 이를 30년으로 계산하면 무려 12만 시간이나 된다. 이 많은 시간을 어디에 어떻게 사용할 것인가. 가만히 있다가는 남은 시간의 무게에 짓눌리기 쉽다.

한국보건사회연구원의 조사에 따르면, 60세 이상 인구 다섯 명 중 세 명은 여가 및 사회 활동에 만족하지 않는다. 응답자가 최근 1년 동안 가장 즐거웠던 여가 활동으로 꼽은 것도 1위가 가족과 보낸 시간(52.3%), 2위가 친지와 회식(18.5%), 3위가 텔레비전 시청 및 독서(10.5%)였다. 어쩌다 가족이나 친지들과 어울리는 경우를 빼면 대부분 '나 홀로 여가'다. 그것마저도 '텔레비전 시청'과 같이 지극히 소극적이며 단조롭다.

등산은 은퇴자들에게 '인기 있는 아이템'이다. 큰돈 들이지 않고 건강도 챙길 수 있기 때문이다. 게다가 등산은 주변 사람 눈치 볼 것 없이 언제든 나 혼자서라도 갈 수 있다. 그런데 30~40년을 산에만 다닌다면 등산하는 것이 과연 행복할까? 물론 혹자는 북한산만 100번째 등산하는 것이라 하고, 또 어떤 이는 30년째 지리산을 다니고 있다 하지만, 이런 특별한 경우를 제외하고 30~40년 동안 산에만 다니면 대개는 지겨울 것이 분명하다.

말콤 글래드웰은 저서 《아웃라이어》에서 어느 한 분야에 1만 시간을 투자하면 그 분야 전문가가 될 수 있다고 했다. 은퇴 후 12만 시간이면 열두 가지 분야에서 전문가가 될 수 있다. 그러기 위해서는 조건이 하나 있다. 텔레비전을 끄고 매일같이 가는 등산은 조금 줄여야 할 것이다. 그러면 은퇴 후 행복한 삶을 살 수 있다. 시간 관리와 소일거리에 따라 남은 30년 인생의 행불행이 갈린다는 것을 깨달아야 한다.

7 도서관 즐겨 찾기

푸른빛이 창에 비친다. 풀을 뽑지 않고 놓아둔다.
오직 독서가 낙이다.
훈풍에 거문고를 뜯는다.
오직 독서가 낙이다.
달을 바라본다. 서리가 하늘에 가득하다.
오직 독서가 낙이다.
두어 송이 핀 매화 천지의 마음이다.
오직 독서가 낙이다.

– 주자(朱子), 《훈학제규(訓學齊規)》

“남의 책을 읽는 데 시간을 보내라.”

우리 동네에는 참 아름다운 도서관이 하나 있다. ‘이진아기념도서관’이다. 옛 서대문형무소 자리에 있는 독립공원 뒤쪽에 자리 잡고 있다. 이진아기념도서관은 그 이름과 건물만 아름다운 것이 아니다. 도서관이 건립된 사연이나 내부 시설도 참 아름답다.

‘이진아’라는 이름처럼 아름다운 한 여학생이 있었다. 해외 유학중이던 진아는 2003년 불의의 사고로 목숨을 잃고 만다. 꽃다운 스물세 살이었다. 갑작스러운 죽음 앞에 가족들은 망연자실했다. 그러다 사업가 아버지는 평소 책을 좋아했던 딸을 추억하고는 오래오래 기리기 위해 도서관을 세우기로 결심한다. 이에 40여억 원이라는 거액을 선뜻 내놓았고 관할 서대문

구청이 이런 취지를 살려 부지를 내놨다. 그리하여 지난 2005년 9월 현 위치에 '이진아기념도서관'이 세워졌다.

도서관은 깔끔하고 산뜻한 외형에 내부 시설도 최신식이다. 내가 주로 찾는 곳은 3층 종합자료실인데, 일반 도서관처럼 주제별로 장서를 비치해두고 개가식(開架式)으로 운영하고 있다. 장서량은 6만5,000권 정도. 부족한 책은 2층 전자정보열람실을 이용하면 된다. 이곳에 가면 도서관 네트워크를 통해 국회도서관 소장 자료 등 다른 기관의 정보를 검색할 수 있다. 마음만 먹으면 천리 밖의 자료도 내 서재의 책처럼 활용할 수 있는 세상이 됐다. 소크라테스는 "남의 책을 읽는 데 시간을 보내라. 남이 고생한 것으로 자신을 쉽게 개선할 수 있다."고 말했다.

내가 이곳에서 즐겨 찾는 분야는 출판(012), 종교(200), 한국문학(810), 한국사(910), 중국사(912), 전기(傳記, 990) 등이다(괄호 속의 세 자리 숫자는 도서분류기호다). 아무래도 내 관심사인 한국사 쪽에 가는 횟수가 잦고, 요즘은 중국고전이나 종교분야 책도 많이 본다. 사마천의 《사기》 같은 책은 늘 읽어도 새롭다. 역사 분야 책을 쓰는 사람은 늘 곁에 두고 읽어야 할 책이 아닐까 싶다. 사마천이 《사기》〈백이열전(伯夷列傳)〉 편에서 지조의 상징인 백이 · 숙제와 악한(惡漢)의 상징인 도척(盜蹠)의 삶을 두고서 천도시야비야(天道是耶非耶), 즉 '하늘의 이치가 과연 옳은 것인가'라며 하늘을 향해 따지듯 물은 대목이 잊히지 않는다.

나는 집필에 필요한 내용을 확인하기 위한 목적으로 도서관을 찾는 경우가 많다. 그러나 더러는 추리닝 차림으로 반(半) 놀기 삼아 갈 때도 있다. 사실 놀기로 치면 도서관만큼 좋은 곳도 없다. 돈 들지 않고 시간제한 없고 지식도 쌓으니 말이다.

지금이야 인식이 많이 바뀌었지만 한때 도서관은 학과 공부를 하는 독서실 정도로 치부되기도 했다. 미국에서는 어릴 때부터 학교 교과과정에 독서교육을 넣어 가르친다. 또 마을마다 크고 작은 도서관이 있어 문화 활동의 중추 역할을 하고 있다.

이진아기념도서관은 우리 집에서 200미터 거리에 있어 이웃집에 마실 가듯 갈 수 있는 곳이다. 하나 흠이라면 지어진 지 오래되지 않아 옛날 책이 좀 부족하다는 점이다. 그래서 보강 차원에서 가는 곳이 마을버스로 한 정거장 거리에 있는 사직동 종로도서관이다. 이곳은 일제시대 때 신문도 소장하고 있어 나 같은 사람에게는 참 유익한 곳이다. 그리고 손때가 묻고 오래된 책들도 다수 소장하고 있다. 이진아도서관의 주 이용자가 아이들이라면 종로도서관에는 상대적으로 성인 이용자가 많은 편이다. 도서관마다 나름의 차별화를 도모하는 것은 바람직한 일이다.

'이진아기념도서관'의 전경. 드넓은 서재이자 영혼을 채우는 놀이터다.

대체적으로 한국인들은 도서관 이용에 별로 친숙하지 않다. 40~50대 중년 세대들은 더욱 그렇다. 도서관에 많이 가보지 않아서 그렇다. 학생들만 가는 곳으로 잘못 인식되어온 탓이다. 그런데 요즘은 도서관에서 고전강좌, 독서토론 등 다양한 문화 커리큘럼을 운영하고 있어 성인들의 발길을 유혹하고 있다. 내가 즐겨 찾는 두 도서관에도 이런 행사를 알리는 현수막이 여럿 걸려 있다. 최근에 일기 시작한 인문학 붐은 도서관이 견인했다고 해도 과언이 아니다. 2011년 《정(情)이란 무엇인가》를 펴낸 후 대여섯 군데 도서관에 저자 초청 특강을 다녀왔다. 동원한 사람도 아닌데 수강자가 60~70명씩 됐던 기억이 난다.

대부분의 실직자는 시간이 많다. 남아도는 게 시간이다. 어떤 때는 하루를 보내는 것이 가장 큰 일과인 경우도 있다. 마땅히 갈 곳이 없으면 60~70대는 종묘 앞 광장으로, 40~50대는 기원으로 향하는 게 보통이다. 이제 발길을 도서관으로 한번 돌려보자. 도서관은 나이 제한도 없고 입장료도 없다. 책은 기본이고 어떤 도서관에서는 재미있는 영화를 공짜로 상영하기도 한다.

외국 자료(정보)에 관심이 있다면 주한 외국문화원도 좋다. 한 예로 운현궁 인근 네거리에 있는 일본문화원에 가면 일본에서 나온 신문, 잡지 등이 대거 비치돼 있는데 무료로 입장, 열람

할 수 있다.

도서관 가는 걸 거창하게 생각할 필요 없다. 기원 다니는 사람이 기원에 가고, 등산 다니는 사람이 산에 가듯 가면 된다. 습관이 안 되어 있으니 첫발 떼는 게 어렵지 한두 번 가버릇하면 그다음부터는 문제없다.

실직은 경제적인 궁핍은 물론 정신적 피폐를 가져오기 쉽다. 그럴 경우 묘약은 책이 아닐까 싶다. 책에는 동서고금 현인(賢人)들의 지혜가 담겨 있고 숱한 정보가 살아 넘친다. 언젠가 시민단체에서 노숙자를 상대로 인문학 강좌를 개설한대서 화제가 됐다. 얼핏 들으면 그게 어울리기나 할까 싶겠지만 난 그렇게 생각지 않는다. 어려운 상황에 처한 사람일수록 정신적으로 피폐해지기 쉽다. 따라서 생명의 소중함이나 삶의 가치를 일깨워주고, 다시 일어설 수 있도록 심신을 부축해줘야 한다.

두껍고 무거운 책을 읽어야 한다며 부담 가질 필요 없다. 가볍고 재미있는 만화책도 좋고 통속소설, 대중잡지도 좋다. 이것저것 손에 잡히는 대로 읽어도 좋고, 한 권 다 읽지 않았다고 뭐라 하는 사람도 없다. 편식(偏食)은 건강에 해로운지 몰라도 편독(偏讀)은 아무런 문제가 없다. 이렇게 영혼의 양식이 그득해지면 정신의 건강은 자연히 따라오는 법이다. 소일에, 자기위안에, 게다가 심신의 건강까지. 이보다 더 좋은 방책이 세상에 또 있을까 싶다. 대학 초년생 시절 모교 도서관 서가에 붙어 있던 이 한마디를 나는 아직도 기억하고 있다.

'책 든 손 귀하고 읽는 눈 빛난다.'

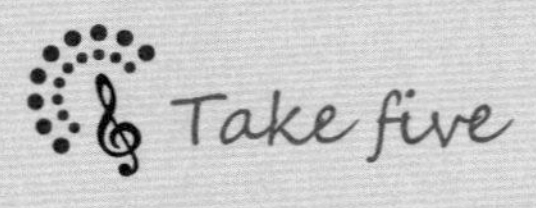

도서관 · 주민센터 적극 활용하기

우리 사회에서 가장 달라진 조직으로 도서관과 동사무소를 들 수 있다. 한동안 도서관은 학생들이 공부하는 '독서실' 같은 곳이었다. 그래서 일반인들이 찾아가기에는 다소 낯설었다. 그러나 지금은 아니다. 지역과 개별 도서관에 따라 편차는 있겠지만 전체적으로 도서관은 지역의 정보 · 문화 중심지로 자리 잡았다. 과거처럼 책이나 빌려보는 곳 정도로 인식하고 있다면 큰 오산이다.

요즘 도서관은 책을 보고 빌리는 것은 기본이요, 인문학 강좌, 도예교실, 영화감상 등 주민들의 문화공간으로서도 훌륭한 기능을 수행하고 있다. DVD나 전자책 등을 대량 구비하여 전자도서관으로 꾸며진 곳도 적지 않다. 대부분의 공공도서관은 이용료가 없으며, 각종 강좌도 5,000원 내지 1만 원 정도의 최저비용을 받는 곳이 많다. 그야말로 동네 사랑방과 같은 역할을 하고 있다.

하지만 아무리 좋은 시설이 집 가까이 있어도 찾지 않으면 아무 소용이 없다. 정기적으로 도서관을 이용하려면 회원으로 가입하는 게 좋다. 회원이 되면 도서관에서 주최하는 각종 행사를 문자메시지나 이메일로 안내받을 수 있다. 그리고 가능하면 이런 행사에 자주 참석하는 것이 좋다. 그러다 보면 같은 취미를 가진 사람을 만나기도 하고 자연스럽게 사교 활동을 할 수도 있다. 나이가 들고 바깥출입이 줄어들수록 사람 만나는 일을 게을리하면 안 된다.

동사무소 역시 크게 달라졌다. 등초본이나 발급해주고 전출입신고나 하던 곳으로 여기던 시절은 이제 끝났다. 간판도 주민센터 혹은 주민자치센터로 바꿔 단 곳이 많고, 명칭에 걸맞게 요가 및 건강 교실, 영어회화, 노래교실, 그림 그리기, 악기 배우기 등 다양한 문화강좌가 주민들을 기다리고 있다. 이런 강좌들은 대개 1~2만 원이면 수강할 수 있어 금전 부담도 적은 편이다. 또래의 말동무나 친구를 사귀기에도 좋다. 일주일에 며칠을 이곳에서 보내는 데 별 어려움이 없다.

이 밖에도 복지관이나 문화센터도 적극 활용할 필요가 있다.

프로그램은 도서관이나 주민센터와 크게 다르지 않으나 문화센터의 경우 비용이 좀 더 드는 반면 프로그램이 보다 알차고 적극적인 편이다. 어떤 강좌의 경우 아마추어 수준을 넘어 재취업 기회를 보장하는 프로그램도 있다. 전문 강사가 강의하는 컴퓨터 교육이나 이 · 미용기술 강좌, 재테크 강좌 등이 그렇고, 문화유적지 답사, 역사 강좌 등 고급 취미 활동을 할 수도 있다.

현자는 진실로 죽음을 중히 여긴다.
저 비첩 천인이 마음에 감개하여 자살하는 것은
참된 용기가 있어서 하는 것이 아니다.
계획이 실패로 돌아가면 두 번 다시 고쳐서 할 만한
용기가 없기 때문이다.

– 사마천(司馬遷), 《사기열전(史記列傳)》

8 극단 생각 않기

"죽을 각오라면 살아서 살길 찾아야…."

얼마 전 SBS 〈궁금한 이야기 Y〉라는 프로그램에서 충격적인 자살 사건을 다루었다. 제주로 가는 여객선에서 하룻밤 사이 네 명이 바다로 투신한 사건이다. 두 명은 대구 거주 남자, 나머지 두 명은 부부로 밝혀졌다. 모두 60대 이상 노년들로, 자살 이유는 생활고 비관이었다. 목격자에 따르면, 부부의 경우 '풍덩!' 소리가 한 번 난 것으로 보아 서로를 껴안고 바다로 뛰어든 것 같다고 했다.

아무리 죽기로 마음먹었다고 하지만 그렇다고 마음속에 두려움마저 전부 사라진 건 아니었을 것이다. 깜깜한 밤, 파도가 일렁이는 검푸른 바다에 몸을 내던지는 그들의 심경이 어떠했을까? 죽음으로 내몰린 그들의 마지막을 생각하면 내 가슴이다 먹먹하다. 그들은 배 난간에 올라 스스로 바다에 몸을 던졌다. 누가 등을 떠민 건 아니지만 그렇다고 해서 누구의 잘못도 아니란 얘기는 아닐 것이다. 이 야박한 세상이 그들의 등을 떠민 셈 아닌가? 말하자면 그들의 죽음은 '사회적 타살'이다.

이래도 안 되고 저래도 안 되는 경우, 그래서 극한의 궁지에 몰리면 사람은 극단(極端)을 생각하게 된다. 가장 쉽게 떠올리는 것이 자살이다. 사람이 제 목숨을 제 손으로 끊다니, 그건 상상할 수 없는 상황이다. 잊을 만하면 한 번씩 터지는 유명 인사들의 자살 사건. 사람들은 그저 안타까운 마음 정도로 여기고 넘어갈지 모르지만 나는 예사롭게 보지 않는다. 고통이 오죽했으면 제 스스로 삶을 정리하겠는가. 현실의 고통에서 벗어나는 길이 목숨을 던지는 길밖에 없었을까.

지금도 잊히지 않는 자살 사건은 방송인 최윤희 씨 부부 사건이다. 주부로서 자신의 경험담을 웃음으로 풀어내 세간에서 '행복전도사'로 불린 최 씨. 그녀는 2010년 10월 경기도 고양시 한 모텔에서 남편과 함께 숨진 채 발견됐다. 최 씨는 유서에서 "2년 전부터 여기저기 몸에서 경계경보가 울렸다. 그래도 감사하고 희망을 붙잡으려 노력했다. 700가지 통증에 시달려본 분이라면 마음을 이해할 것"이라며 자살 동기를 밝혔다. 질병의 고통이 일곱 가지, 70가지도 아닌 무려 700가지라고 했다. 물론 과장된 것이긴 하지만 그만큼 고통이 심했다는 얘기다. 그녀의 남편은 그런 아내를 혼자 보내기 어려워 '동반여행'을 떠난다고 썼다.

고백하자면 나도 자살을 시도한 적이 있다. 2009년 여름, 당시 나는 극심한 빚 독촉에 시달리고 있었다. 하루 서른 통이 넘는 전화 독촉에 일을 할 수 없을 정도였다. 사채에 고리대까지 동원해도 방법이 없었다. 어느 순간부터는 신용이 나빠져 더 이상 돈을 빌릴 수도 없게 됐다. 빚 독촉이 저승사자보다 더 무섭다는 걸 나는 그때 절감했다. 할 수 없이 내가 평생을 모아온 소장품을 팔기 위해 백방으로 수소문했으나 그 역시 여의치 않았다. 더 이상은 방법이 없어 결국 한남대교를 찾았다. 다리 난간에 기대 아래를 내려다보니 시커먼 강물이 무서웠다. 그 순간 나도 모르게 뜨거운 눈물이 쏟아졌고 가족들의 얼굴이 떠올랐다.

어떤 사람은 죽으려고 무진 애를 써도 죽지 못한다. 수면제를 수백 알 먹어도 즉시 발견돼 살아나고, 양손 동맥을 끊고도 살아나는 사람이 있다. 반면 사람 죽는 것이 생각보다 간단할 때도 많다. 사람 목숨 하나 살리려고 억만금을 들이기도 하는데 그 귀한 목숨이 죽자고 작정하면 한순간에 죽어버린다. 그게 사람 목숨이다. 실직은 단순히 직장을 잃었다는 의미 그 이상일 때가 많다. 직장인으로서의 일상이 깨지면 그 결과로 가정이 파괴되는 경우가 많다. 그 연장선상에서 한 사람의 자존감과 명예마저 빼앗기기도 한다. 그러면 사실상 전부를 잃는 셈이다. 누구라도 극한상황으로 내몰리게 된다. 이럴 때 죽음의 그림자가 어른거리기 시작한다.

극단은 비단 자살만이 아니다. 사기(詐欺) 같은 일탈도 한 예가 될 수 있다. 가끔씩 전직 국회의원들이 사기 사건에 연루된 보도를 접한다. 현직 국회의원은 무소불위의 권력자지만 떨어진 국회의원, 즉 전직 국회의원은 아무것도 아니다. 일본 속담에 '원숭이는 나무에서 떨어져도 원숭이지만, 국회의원은 선거에서 떨어지면 사람도 아니다'라는 말이 있다. 선거에서 떨어진 국회의원은 바로 실직자가 된다. 그러나 현직 때 하던 가락이 한동안 남아 있기 쉽다. 그러나 마땅한 수입이 없고 게다가 생활고까지 겹치면 만만한 게 '사기꾼'이다. 전관예우가 먹힐 거라는 생각에서일 게다. 그런데 이게 바로 패가망신(敗家亡身)으로 가는 지름길이다. 그런 예를 숱하게 봐왔다.

60~70년대만 해도 국내 투신자살의 명소(?)는 서울 한강대교와 부산 태종대였다. 그 무렵에는 한강에 다리가 몇 개 없었다. 1917년에 개통된 한강인도교에는 개통 직후부터 자살자가 속출했다. 급기야 인근 파출소에서 다리 난간에 잠깐만 기다리

라는 뜻의 '일촌대기(一寸待己)'를 쓴 푯말을 세웠다는 기록이 있다.

70년대 말 대학 다닐 때 친구들과 부산에 놀러갔다가 태종대 구경을 간 적이 있다. 전망대 앞에 서니 멀리 망망대해가 보이고 발밑은 바위투성이 낭떠러지였다. 여기서 떨어지면 즉사하겠다 싶었다. 그런 생각을 하고 발길을 돌리는데 난간에 '한 번 더 생각해보십시오'라고 쓴 팻말이 눈에 들어왔다.

죽기를 작정한 사람들에게 이런 문구가 얼마나 설득력이 있었는지 모르겠다. 그러나 단언컨대 극한상황일수록 극단은 금물이다. 근본 해결책이 아니기 때문이다. 애꿎은 목숨만 잃고 원귀(冤鬼)만 하나 더 만들 뿐이다. 그럴수록 평정심을 되찾고 주변 사람들과 상의해야 한다. 이런 사람들을 위한 사회 안전망이 있다면 더욱 다행이겠다. 죽어도 죽을 생각을 해서는 안 된다. 그런 각오라면 살아서 살길을 찾아야 한다.

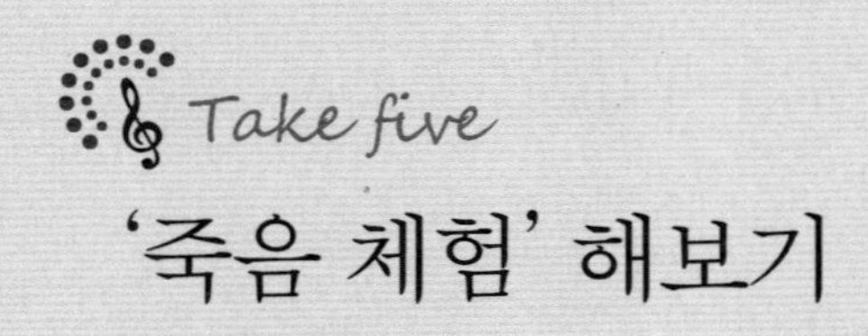

'죽음 체험' 해보기

삶이 고달프고 극도로 힘들면 더러 삶을 그만 끝내고 싶은 생각이 들 때도 있다. '자살'이 그것이다. 오죽하면 그런 생각을 했을까 싶으면서 현실적으로 그런 생각이 들 때도 있다. 나도 두 차례나 자살을 생각했다. 한번은 억울한 일을 당했을 때였고, 다른 한번은 경제적인 문제 때문이었다. 지금 생각해보면 어리석은 행동이지만 그때는 그런 처지에 있었던 것이다. 사람이 죽고 사는 건 때로는 종이 한 장 차이일 수도 있다.

요즘은 학교 이름이 참 다양하다. 약칭 '자사고'로 불리는 자율형 사립학교에서부터 개혁 성향의 교육감들이 추진한 혁신학교, 대안학교 중에는 간디학교와 같은 이름도 있다. 이런 학교들과는 궤를 달리하지만 '죽음준비학교'라는 곳이 있다.

사람은 누구나 언젠가는 죽는다. 영웅호걸도 죽었고 절세가인도 죽었고 천석꾼, 만석꾼도 다 죽었다. 그러나 죽음을 준비하는 사람은 별로 없다.

그런데 사실은 죽음에도 준비가 필요하다. '웰빙'에 이어 '웰다잉'이 얘기되고 있는 것이다. 죽음준비학교에 입소하여 일단 수의로 갈아입으면, 이어 자서전 쓰기, 상속 정리하기, 유언장 작성, 존엄사 및 안락사, 호스피스, 죽음 체험, 영정사진 촬영, 그리고 관 속에 들어가기 등의 순서로 체험이 진행된다. 실지로 관 뚜껑에 못을 박기도 하는데 이 과정에서 더러는 기절을 하기도 한단다. '죽음 체험'은 자다가 부지불식간에 겪는 '임사체험'과는 다르다.

'죽음학' 개척자인 스위스 정신과 의사 엘리자베스 퀴블러로스는 《죽음과 임종에 관한 의문과 해답》이라는 책에서 죽음을 앞둔 사람의 정신 상태를 5단계로 구분했다. 죽음을 받아들이지 않는 단계인 부인(Denial) 단계, "왜 하필 나야?" 하고 원망하는 분노(Anger) 단계, 죽음을 지연시키는 방법을 모색하는 단계인 거래(Bargaining) 단계, 극도의 절망 상태인 우울(Depression) 단계, 마침내 죽음을 인정하고 받아들이는 수용(Acceptance)의 단계가 그것이다. 각 단계의 영어 첫 글자를 따서 '다브다(DABDA) 모델'이라고도 부른다.

프랑스 사상가 몽테뉴는 "우리는 죽음에 대한 걱정으로 삶을 엉망으로 만들고, 삶에 대한 근심으로 죽음을 망쳐버린다."고 했다. 죽음준비학교에서는 '죽음 체험' 프로그램을 통해 삶의 소중함, 생명의 소중함을 일깨워준다. 삶이 고달파 죽음을 생각할 정도에까지 이르게 되었다면 죽음준비학교를 찾아 자신이 살아 있음이 얼마나 소중한지 확인해보는 것도 좋겠다.

9 세상 등지지 말기

만일 당신이 인생에서 성공을 원한다면
많은 것들과 친해져야 한다.
인내심은 당신의 소중한 친구로,
경험은 친절한 상담자로,
신중함은 당신의 형으로,
희망은 늘 곁에서 지켜주는 부모님처럼
친해져야 하는 것이다.

– J. 에디슨(Joseph Addison)

"세상과 소통할 '끈' 하나는 남겨둬야…."

사람은 위축되면 뒤로 숨게 된다. 이를 두고 더러 '잠수(潛水)한다'고 한다. 인지상정이다. 동창회 같은 모임에 잘 나오던 친구가 갑자기 안 나오면 실직을 했거나 무슨 어려움에 처해 있는 경우가 보통이다. 필자 역시 고교 · 대학교 동창모임에 나가지 않은 게 4~5년 정도 됐다. 실직한 시점과 비슷하다. 안 나가는 이유는 빤하다. 우선 초라한 모습을 보여주고 싶지 않아서다. 또 친구들 딴에는 위로랍시고 한 마디씩 건네는데, 그게 곧이곧대로 들리지 않는다. 자신도 모르게 괜한 자존심에 자격지심까지 발동하고 마는 것이다.

직장을 다니던 사람에게 실직만큼 큰 상실(喪失)은 없다. 실직은 한 개인의 경제적, 사회적, 심리적 단절인 동시에 모든 기득권의 박탈을 의미한다. 어쩌면 세상에서 그의 존재는 그날로 사라졌는지도 모른다. 잘나가던 사람이 현직에서 물러나자 어느 날부터 존재감이 사라지는 사례를 흔히 볼 수 있다. 필명을 날리던 기자도 일을 그만두면 '아저씨'(혹은 아줌마)가 되고, 한때 하늘을 찌를 듯한 권세를 누리던 사람도 물러나면 무명거사로 전락하고 만다. 죽어서 부음란에서나 그의 이름을 접하는 경우도 왕왕 있다. 유명인, 무명인 할 것 없이 무명거사가 되기는 마찬가지다.

1920년대 전후, 세계 최고의 각선미를 자랑하며 영화사상 최초로 또 가장 오랜 기간 동안 팬들의 사랑을 받은 독일의 여배우 마를렌 디트리히. 그녀는 지난 92년에 90세로 사망했는데 노년 사진은 거의 남아 있지 않다. 왜일까? 그녀는 70세 이후부터는 사진도 찍지 않고 외출도 일절 하지 않았다. 전 세계 수많은 팬들에게 젊은 날의 아름다운 모습으로 기억되기 위해 노년에는 일부러 세상과 단절하고 지낸 것이다. 그녀로서는 그것을 마지막 팬 서비스라고 여겼던 모양이다. 외형적으로는 세상을 등졌지만 사실은 나름으로 의미 있는 은둔이었다.

최근에 난 장성 인사를 보니 중장, 즉 별 셋을 다는 사람은 육사 한 기수 중에서 일고여덟 명이라고 한다. 육사 한 기수가 적어도 100명은 될 텐데, 꼭 별 세 개를 달아야만 성공했다고 볼 수는 없지 않은가? 듣자 하니 소위 임관 후 중위는 1년, 대위는 3년 안팎에 단다고 한다. 그다음 소령이 1차 관문이다. 소령을 달면 중령은 그런대로 넘어가고 대령 달 때 2차 관문을 만난다. 이때 상당수가 탈락하는데 실지로 주변에 보면 중령으로 예편한 사람이 많다. 대령은 대령 단 것만으로도 상당한 것이다. 별(장군)은 그야말로 하늘의 별 따기다. 옛날에 이런 얘기가 나돌았다. 별을 달려면 임관 이후 번 돈을 전부 다 갖다 바쳐야 한다고. 이 얘기가 어느 정도 신빙성이 있는지 모르겠지만 그렇다고 전혀 근거 없는 얘기만도 아니지 싶다.

조 · 중 · 동 정도 규모의 신문사는 한 기수가 대략 20명 안팎이다. 요즘은 어떤지 모르지만 내가 다닐 때는 그랬다. 입사해서 처음 출발할 때는 별 차이가 없지만 시간이 지나면 동기생 간에도 조금씩 차이가 벌어지기 시작한다. 기자직의 경우 차장, 부장을 거쳐 부국장 선에 다다르면 이미 대략 갈 길이 정해진다. 편집국에 남을 사람, 논설위원실로 갈 사람, 비편집국인 타 부서로 빠질 사람, 그만둘 사람 등등. 신문사에서 기자들의 정점이랄 수 있는 편집국장은 단 한 명뿐이다. 임기는 보통 2년. 결국 두 기수에서 편집국장은 한 명밖에 나올 수 없다는 얘기다.

그런데 편집국장 못한 기자 출신, 별 못단 육사 출신, 사업해서 떼돈 못 번 사업가가 세상을 등진다면 세상에 남아날 사람이 과연 몇이나 되겠는가? 디트리히 식의 '잠수'라면 얘기가 다르다. 나름으로 인정할 만한 사유가 된다. 그러나 최고 정상에 오르지 못했다고 해서 마치 실패자처럼 여겨진다면 그건 온당치 못하다.

실직자의 경우도 마찬가지다. 실직자를 마치 큰 죄인이라도 되는 듯이 바라보면 안 된다. 실직자들 역시 그 때문에 세상을 등지는 것은 맞지 않다. 실직은 또래들보다 좀 더 일찍 회사 문을 나온 것뿐이다. 절대로 죄인이 아니다. 스스로를 무능한 사람으로 낙인찍어 은둔의 창고에 가두는 것은 못난 행동이다.

그럼에도 세상 속으로 나오는 것이 부담스럽다면 절충안이 하나 있다. 오프라인은 그렇다 치더라도 온라인은 열어둬야 한다. 지금 세상은 오프라인만이 사람 사는 세상이 아니다. 어쩌면 온라인 세상이 훨씬 더 광대하고 깊이도 있다. 바둑, 화투, 게임 등 오락사이트가 됐든 아니면 블로그, 트위터, 페이스북 등 SNS가 됐든 그 어디라도 좋다. 그곳에는 또 다른 세계가 있다. 거기에서는 낯선 사람을 만나 친구로 사귈 수도 있다. 개중에 의기투합하는 사람이 있으면 오프라인에서 만나 말동무도 하고 술도 한잔하면 오죽 좋은가. 사이버공간에 대해 미덥지 못한 면이 있다면 그건 조심하면 된다. 사기를 당할 사람은 오프라인에서도 당하기는 마찬가지다.

실직자라고 해서 뒤로 숨지 말고 오히려 밖으로 나와야 한다. 그리고 당당하고 의젓하게 살아가도록 노력해야 한다. 아직도 30년 정도는 더 살아야 하고 우리에게는 그 기간 동안 같이할 가족이 있다. 아직 내 임무는 다 끝나지 않았다. 그래서 움츠리고 위축되면 안 된다. 나가서 사람도 만나고 세상 돌아가는 것도 봐야 한다. 그래야 일자리 정보도 얻고 사업 아이디어도 생기는 법이다. 아무리 열악한 상황이라도 세상과 등을 져선 안 된다. 외출 횟수가 줄어들 수는 있겠지만 세상과 담을 쌓아서는 안 된다. 어떠한 상황에서도 세상과 소통할 수 있는 '끈' 하나는 반드시 남겨둬야 한다.

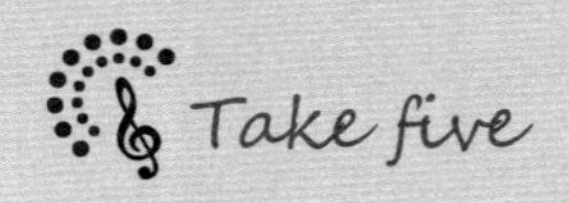

또 하나의 세상, SNS

근자에 세상은 참 많이 변했다. IT · 정보통신 기술의 발달 덕분이다. 앉아서도 천리 밖의 일을 꿰뚫어본다는 뜻의 '천리안'은 더 이상 고사성어가 아니다. 서울에 앉아서도 지구 반대편의 소식을 리얼타임으로 접할 수 있고, 미국에 사는 친구와도 지금 당장 전화나 문자로 대화를 나눌 수 있다. 사람들 간의 대화도 마찬가지다. 만나서 얼굴 보며 대화하던 것은 이미 옛날 얘기다. 직접 대면하지 않더라도 얼마든지 세상과 소통할 수 있게 되었다.

실직을 하게 되면 외출할 일이 급속하게 줄어든다. 사람 만날 일 자체가 별로 없지만 약속이 생겨도 경비 문제가 만만치 않다. 그러다 보면 본의 아니게 칩거나 은둔 생활을 하기 쉽다. 내 경우도 마찬가지였다. 서울 생활을 청산하고 일산 끝자락으로 이사 오면서 그런 현상이 더 심해졌다. 불가피한 모임이나 출판사에 볼일이 있는 경우를 제외하면 문밖 출입 자체를 별로 안 하게 되었다. 더러 답답할 때가 없지 않다. 그렇다고 없는 일을 만들어 외출할 수도 없는 노릇이니 참고 지내는 수밖에 달리 방법이 없다.

그렇다고 해서 세상과 담을 쌓고 지내는 것은 아니다. 종일 집 안에 틀어박혀 있으면서도 내 컴퓨터는 하루 종일 켜져 있다. 이런저런 글을 쓰기 위해서 그렇기도 하지만 한편으로는 SNS를 통해 세상과 소통하기 위해서다. 틈나는 대로 즐겨 찾는 뉴스 사이트를 들락거리며 뉴스를 보고 페이스북을 통해 친구들과 대화를 나눈다. 사안에 따라 블로그에 글을 올려 독자들과 대화하기도 하고 트위터에 들러 오늘의 핫이슈도 살핀다. 그런데 이 정도는 이제 누구에게나 일상화된 일이다.

트위터나 페이스북, 블로그 등 SNS는 누구나 무료로 가입할 수 있어 아무런 부담이 없다. 껄끄러운 사람을 굳이 만나지 않아도 되고 내 자신을 드러내지 않아도 된다.

내 경우 평소 해오던 버릇이 있어 뉴스 논평을 하기도 하고 더러는 살아가는 이야기를 올린다. 비단 내 얘기만 쓰는 것은 아니다. 남이 올린 글에 의견을 달기도 하고 좋은 글은 공유하기도 하면서 미지의 벗들과 하루가 멀다 하고 대화를 이어간다. 개설한 지 7년 된 블로그는 전체 방문자가 700만 명에 육박하고, 페이스북은 친구 5,000명 한도를 꽉 채웠다.

은퇴자일수록 웅크리거나 숨으면 안 된다. 그러면 병이 된다. 가슴을 열고 세상 속으로 나와야 한다. 최소한 사이버공간으로라도 말이다. 그곳에서는 신분, 직업, 성별, 재산 유무를 따지지 않는다. 열린 가슴만 있으면 누구와도 벗이 될 수 있고 어떤 얘기도 함께 나눌 수가 있다. 특별한 컴퓨터 기술이 필요한 것도 아니어서 중장년들도 쉽게 다가갈 수 있다. 외롭고 힘들 땐 탄식만 하지 말고 'SNS 친구'를 한번 만나보자.

10 정 급할 때는 SOS를!

窮則變, 變則通, 通卽久
궁하면 통하게 되어 있고
통하면 변하고
변하면 오래 지속될 수 있다.
—《주역(周易)》

"사흘 굶으면 남의 집 담장을 넘는다."

친구 중에 대기업 계열사 부사장을 지낸 이가 있다. 재직 중에는 연봉을 수억씩 받았고 퇴직한 지금도 재직 시 연봉의 80퍼센트가량을 받는다. 몇몇 대기업에서는 퇴직 임원 관리(?) 차원에서 그리 한다고 한다. 특별히 낭비하지 않았다면 그 친구는 수십억 원대의 재산가일 것이다. 대기업 부사장까지 간 것만 해도 쉽지 않은 일이고 그만큼 넉넉하게 벌어뒀으니 실직을 해도 아무 걱정이 없을 것이다. 어쩌면 벌써부터 그만두고 싶었는지도 모른다.

이런 친구는 여기서 논의 대상이 아니다. 다니던 회사를 그만둔 것은 맞지만 이 친구는 실직자라기보다는 은퇴자로 봐야 한다. 여기서 말하는 실직자는 변변히 벌어놓은 게 없고 그래서 당장 생계에 곤란을 겪고 있는 사람, 아니면 미래의 노후가 걱정인 사람, 또는 벌어놓은 것도 없는데 재취업 가능성이 낮은 사람 등이다. 그런 사람들이 망가지지 않은 채로 남은 세월을 버텨내고, 나아가 재기의 기회를 찾아보도록 돕는 것이 이 글을 쓰는 주된 목적이다.

실직 전에는 나도 제법 번듯한(?) 곳에 다녔기에 벌이가 적지 않았다. 그러나 실직한 이후로는 나름 열심히 벌어도 얼마 벌지 못한다. 원고료는 80년대나 지금이나 비슷하다. 유명 필자나 베스트셀러 작가가 아니면 우리나라는 글쟁이들이 먹고 살기 어려운 곳이다. 그래서 글쟁이들은 대개 별도의 직업을 갖는다. 아니면 부인이 돈을 잘 벌거나. 나는 그도 저도 아니다. 벌어놓은 돈 없는 글쟁이는 실직하면 나같이 되기 십상이다.

실직 후 나는 주변의 여러 지인들에게서 물심양면으로 큰 도움을 받았다. 그리고 지금도 진행형이다. 아는 사람이라고는 하지만 손 벌리는 일이 쉽지만은 않다. 그래서 함부로 손 벌리지 않는다. 달리 방법이 없을 때 할 수 없이 도움을 청한다. 은행대출금 등을 상환할 때는 몇 백만 원 또는 1,000만 원 이상 단위의 큰돈이 필요한데, 이렇게 큰돈은 현재 내 상황에서 마련하기가 쉽지 않다. 로또에 당첨되거나 은행을 털거나 부잣집 담을 넘지 않는 한. 결국 지인에게 빌려서 급한 불을 꺼왔다.

생활비가 없어서 곤란을 겪을 때는 100만 원 안팎의 금액을 빌리기도 한다. 아파트 관리비가 3개월간 밀려 관리사무소로부터 전기와 수도를 끊겠다는 통보를 받은 적이 여러 번 있다. 핸드폰 사용료를 제때 내지 못해 전화가 끊긴 적도 있고, 유선방송 요금을 내지 않아서 텔레비전이 끊긴 적도 수없이 많다. 액수가 고작 몇 만 원 정도인데도 그랬다. 수입보다 지출이 많다 보니 통장 잔고가 늘 '0원'이기 때문이었다. 그래서 급할 때는 할 수 없이 또 주변의 신세를 져야만 했다.

난들 왜 자존심이 없고 쪽팔리지 않을까마는 방법이 없었다. 궁하다고 도둑질을 할 수도 없고 사기를 칠 수도 없지 않나. 그렇다고 자존심을 팔아가면서 헛짓을 할 수도 없다. 지인들한테 폐를 끼치더라도 차라리 이것이 사회적으로 가장 파장이 적다고 나는 결론 내렸다. 그래서 나는 도저히 참을 수가 없을 정도면 손을 벌린다. 상황이 몹시 어려우니 그냥 주든 빌려주든 일단 도와달라고. 크지 않은 액수는 그냥 주신 분들도 더러 있다. 물론 전부 기록해뒀다. 여건이 되면 두 배, 세 배로 갚을 작정이다. 그런 마음을 품고 있기에 조금은 덜 미안하다.

옛 속담에 '사흘 굶으면 남의 집 담장을 넘는다'고 했다. 평소 가난해서 제대로 먹지도 못한 사람이 사흘을 굶었다면 그 사람 눈에는 뵈는 게 없다. 감옥 가는 건 둘째 문제고 일단 남의 집

담을 넘어가서라도 배부터 채우고 본다. 그렇게 주린 배를 채우고 나면 그 뒤의 문제가 남는다. 이제 '도둑'이 되었으니 말이다. 그 사람이 남의 집 담을 넘기 전에 주위에서 십시일반으로 도와주면 그는 담을 넘지 않아도 된다. 그렇게 하면 그 한 사람을 지켜낼 수 있다. 나는 정 급할 땐 내 스스로 'SOS'를 친다. 그게 내가 금전적으로 망가지지 않는 길이요, 나를 지켜내는 길이라고 생각하기 때문이다.

그간 주위 여러 분들의 도움으로 지탱해왔는데 특별히 잊을 수 없는 '사건'이 하나 있다. 2012년 겨울, 나는 한 모임에서 알게 된 S선생님에게 긴급 도움을 요청한 적이 있다. 그랬더니 그분이 SNS의 비공개 방에서 회원 20여 명으로부터 330만 원을 모아 보내주었다. 몇 만 원에서부터 많게는 50만 원까지 낸 분이 있다고 했다. 생각지도 않은 큰돈을 마련해줘서 요긴하게 썼던 적이 있다. 그분들의 따뜻한 마음을 언제 다 갚을 수 있을지 모르겠다. 설사 돈은 되돌려드린다고 해도 마음의 빚까지 다 갚지는 못할 것이다.

결론은, 정 급할 땐 주변에 SOS를 치라는 것이다. 어려운 상황을 견디다 못해 우발적으로 사고를 치거나 그로 인해 인격과 삶이 망가지는 것보다는 이렇게 하는 편이 훨씬 낫다. 다만 가난을 너무 걱정할 필요는 없다. 돌이켜보면 우리 가족은 지난 5

년간 누구 하나 죽지 않고 이 시기를 살아냈다. 사람은 어떻게든 살아낸다. 더러 생활고를 비관해 목숨을 끊는 사람이 없지는 않으나 꼭 죽으라는 법은 없다. 덜 먹고 덜 쓰는 전략을 기본으로, 어떻게든 살아진다고 믿고 사는 자세가 중요하다. 다산 정약용 선생도 이런 생각을 했던 모양이다. 일전에 읽었던 다산 선생 책을 뒤져보았더니 이런 대목이 있었다. 다산초당 18제자 중 한 사람인 윤종심(尹鍾心)에게 보낸 '가난을 걱정하지 말라'는 글의 한 대목이다.

> 가난한 선비가 정월 초하룻날 앉아서 1년 양식을 계산해보면, 참으로 아득하여 하루라도 굶주림을 면할 날이 없을 것처럼 생각된다. 그러나 그믐날 저녁에 이르러 보면, 의연히 여덟 식구가 모두 살아 한 사람도 줄어든 이가 없다. 고개를 돌려 거슬러 생각해보아도 그러한 까닭을 알 수 없다. 너는 이러한 이치를 잘 깨달았느냐? 누에가 알에서 나올 만하면 뽕나무 잎이 나오고, 아이가 어머니 뱃속에서 나와 울음소리를 한번 내면 어머니의 젖이 줄줄 아래로 흘러내리니, 양식 또한 어찌 근심할 것이랴? 너는 비록 가난하다고 하나 그것을 걱정하지는 말라.
>
> - 정약용, 《유배지에서 보낸 편지》, 315쪽

Take five

자격증 따기

살다 보면 피치 못하게 주위의 도움을 받을 일도 생긴다. 그러나 매번 그럴 수는 없다. 스스로 자활을 준비해야 하는 것이 기본이다. 한 다리 건너 아는 지인 중에 지게차 사업을 하는 사람이 있다. 기업체에 다니다가 남들보다 몇 년 일찍 은퇴한 후 퇴직금의 절반을 털어 지게차를 한 대 샀다. 물론 지게차를 사기 전에 지게차면허를 따두었다. 들리는 말로는 수입도 쏠쏠하거니와 개인 시간도 많아서 아주 만족한다고 했단다. 정해진 시간에 출퇴근하는 버스나 택시와 달리 지게차는 일이 있을 때만 출동하다 보니 타 직종에 비해 자유로운 편이다. 이와 같이 어느 정도의 자본과 자격증만 있으면 은퇴해서도 제2의 일자리를 구할 수 있다.

한국산업인력공단이 발표한 2012년 '국가기술자격 통계연보'에 따르면, 50대 자격증 취득자는 2만6,310명으로 5년 전인 2007년보다 73퍼센트가 증가했다. 60세 이상도 지난 5년간 두 배 이상 늘었다. 50대가 가장 많이 딴 자격증은 한식조리기능사, 지게차운전기능사, 굴삭기운전기능사였다. 60대는 조경기능사, 한식조리기능사, 지게차운전기능사 순이었다. 지인이 은퇴 후 지게차 사업을 시작한 것도 세태를 반영한 것 같다는 생각이 든다.

자격증은 큰돈 들이지 않고 본인이 노력만 하면 딸 수 있다는 점에서 재취업을 노리는 사람들에게 매력적인 수단이다. 만약 일자리로까지 이어진다면 금상첨화라고 할 수 있다. 남성의 경우에는 직장 다니느라, 여성의 경우에는 육아나 가사 때문에 시간을 내지 못하다가 은퇴 후에 비로소 시간을 낼 수 있는 경우가 없지 않다. 평소 한 번쯤 해보고 싶었던 일을 반 취미 삼아 시작해본다면 보람도 있고 하기 나름으로 성과도 적지 않을 것이다. 어쩌면 새로운 삶을 살 수 있는 좋은 기회가 될지도 모를 일이다.

바리스타 같은 자격증은 젊은이를 선호하는 직종이다 보니 은퇴자가 하기에는 적절치 못하다. 반면 공인중개사나 주택관리사는 연령 제한이 없고 나이 들어서도 할 수 있는 일이어서 은퇴자들에게 권할 만하다. 외국어가 가능한 사람이라면 관광 가이드도 추천한다. 다만 청년 실업에다 실직자가 많아 예전보다는 자격증 따기가 훨씬 어려워졌다고 한다.

한 예로 공인중개사 시험의 경우, 사법고시에 견줄 정도로 난이도가 높아졌다고 말하는 사람이 있을 정도다. 게다가 1차 두 과목, 2차 네 과목 등 총 여섯 과목을 치러야 해서 나이 든 사람의 경우 3~4년을 준비해야 겨우 합격할 수 있을 정도라고 한다. 그런데 요즘에는 부동산 경기가 좋지 않아 자격증을 따 놓고도 일자리를 찾기가 어렵다고 하니 신중하게 따져보고 시작해야 하겠다.

사람이 자기 일로 행복하려면 그 일을 좋아해야 한다.
그렇다고 자신의 일에 너무 집착해서는 안 된다.
하지만 자신의 일이 성공할 것이라고 굳게 믿어라.
– 존 러스킨(John Ruskin)

11 룸펜 즐기기

“피할 수 없다면 차라리 즐겨라.”

독일어로 부랑자나 실업자를 ‘룸펜(Lumpen)’이라고 한다. 원래 룸펜은 넝마, 누더기란 뜻으로 거지(걸인)를 지칭한 것으로 보인다. 룸펜에 ‘부랑자’라는 의미가 덧붙여진 것은 룸펜훈트(Lumpenhund)가 우리말로 건달을 뜻하는 데서 유래한 것이다. 그리고 마르크스가 부랑자 등을 포함한 최하층 노동자계급을 가리킬 때 사용한 룸펜프롤레타리아트(Lumpen Proletariat)라는 표현을 우리말로 풀이하는 과정에서 룸펜이 부랑자, 직업 없이 빈둥빈둥 노는 남자라는 뜻으로 굳어진 것 같다고들 한다. 가장 하품(下品)의 남자를 지칭할 때 쓰는 ‘놈팽이(놈팡이)’라는 말이 바로 이 룸펜에서 유래했다고도 한다. ‘남포’가 ‘램프(lamp)’에서 유래한 것과 유사하다고나 할까.

룸펜이라는 말이 적절히 퇴폐적이면서 일면 매력적인 말로 인식되던 시절이 있었다. 일제시대 당시 잡지를 보면 룸펜에 대한 글이 적지 않은데, 그 의미가 지금의 실업자나 부랑자 이미지와는 좀 다르다. 식민지 치하에서 압박받는 지식인, 무력한 고등실업자의 이미지가 혼재돼 있다. 당시는 대학을 나와도 일자리가 없으니 빈둥거리며 노는 사람이 많았는데 식민 시기라는 특수한 시대 상황이 핑곗거리가 됐다. 그러다 보니 룸펜에 대해서도 비난 일변도의 분위기가 아니라 어느 정도 동정심마저 형성된 것이다. 이런 상황은 70~80년대 군사독재 시절 문단(文壇)에서도 어느 정도 통용됐던 것 같다.

유사 이래로 실업자는 늘 있어왔다. 개인에게 문제가 있었건 사회구조적으로 문제가 있었건 간에. 예전에는 일자리가 적은 만큼 고학력자도 적어 실업 문제가 별문제 아니었다. 연말연시에 경제면 한 단짜리 기사로 실업률 기사가 실리는 것이 전부였을 정도였다. 근자에 실업 문제가 주요 사회문제로 대두된 것은 IMF 외환 위기 때였다. 위기에 몰린 기업들이 대량 해고를 시작했고 이것이 바로 대량 실직 사태로 이어졌다. 서울역 전과 지하철에 실업자가 내깔리기 시작했고 그들은 머잖아 노숙자가 됐다. 직장에서 쫓겨난 가장들의 자살 사태가 속출하였으나 우리 사회는 개인의 고통을 해소해주지 못했다.

'사오정'은 이제 더 이상 손오공, 저팔계와 함께 《서유기》에 등장하는 괴물이 아니다. '오륙도' 또한 부산 앞바다에 있는 섬의 이름만이 아니다. 이 말들은 어느새 이 땅의 어깨 처진 직장인을 상징하는 용어가 돼버렸다. '사십오 세에 정년퇴직(사오정)'이라니, '오십육 세까지 남아 있으면 도둑놈(오륙도)'이라니. 하기야 이태백(이십 대 절반은 백수), 삼팔선(삼십팔 세가 되면 진퇴 선택을 강요당한다)도 있는데 더 말해 무엇하랴. 이런 현실을 두고 세상을 원망하랴, 내 아내를 원망하랴. 산 입에 거미줄 칠 수 없으니 결국 농촌으로, 산촌으로 떠나는 것 아니겠나.

'피할 수 없다면 차라리 즐겨라.'라는 말이 있다. 말년에 투병 생활을 한 법정스님은 질병도 내 몸의 일부라고 여겼다 한다. 암 치료법 가운데는 실제 암 덩어리를 거부하지 않고 오히려 암과 함께 살아가는 방식이 있다. 그렇게 몸속에서 암 덩어리를 순화시키거나 포용해 결국은 암세포를 녹여버리는 방식이다. 실직도 비슷하다고 본다. 실직을 회피할 수 없는 상황이라면 '실직아, 놀자!' 하고 실직을 데리고 놀면 될 것 아닌가. 뒷산에 올라가 '나는 실직자다!' 하고 한 번만 크게 외쳐보자. 그러면 순간 눈물이 한 바가지 쏟아지는데, 그다음에는 곧장 마음이 후련해진다. 세상에 실직자가 나 혼자인 것도 아니고, 실직했다고 죽을죄를 지은 죄인인 것도 아니다. 단지 아침에 눈을 떠서도 출근할 곳이 없을 뿐, 그 이상도 이하도 아니다. 그리 생각하면 된다.

수입이 줄거나 아예 없어서 살림이 궁하다면, 그건 아껴 쓰면 된다. 내핍(耐乏)하는 방법은 여러 가지다. 먼저 절대로 줄이거나 뺄 수 없는 것 이외에 줄여나가도 괜찮은 것들이 무엇이 있는지 챙겨본다. 의식주 가운데 제일 줄이기 쉬운 건 의(衣)다. 내가 실직한 이후 우리 집 식구들은 거의 옷을 사지 않는다. 문화생활과 체면치레에 들어가는 돈도 줄일 수 있다. 영화 보러 두 번 갈 것을 한 번 가면 되고, 1년에 한 번 가는 해수욕은 아예 안 가면 된다. 택시 대신 버스 타면 되고, 가까운 거리는 걸으면 된다. 체면 차릴 일에 있어서는 눈 한 번 찔끔 감아버리자. 다만 요즘 세상에 머루랑 다래랑 먹고 청산(青山)에 살 수는 없다. 그러나 나물 먹고 물 마시며 사는 건 얼마든지 가능하다. 살 빼려고 일부러 단식도 하는 판인데, 밥상을 아예 풀밭으로 차리면 되지 않겠는가? 요즘 '육고기' 못 먹어 걸신들린 사람 없다.

이렇게 살다 보면 더러 궁상맞을 때도 있겠지만 그건 어쩔 수 없다. 그 정도는 감내해야 한다. 남에게 폐를 덜 끼치려면 내가 궁상맞게 살 수밖에 없다. 밥값, 술값 내기 어려울 때도 많을 것이다. 그렇다고 계산대 앞에서 하염없이 구두끈만 만지작

거릴 필요는 없다. 그런 부담이 가는 자리라면 굳이 가지 않으면 된다. 한동안은 "나 요즘 돈 없어!"라고 말해도 흉이 되지 않는 자리만 가는 게 좋다. 그래서 조금은 낯이 두꺼워야 한다. 그리고 밥이나 술 얻어먹는 걸 최소화하되 너무 쪽팔리게 생각할 것 없다. 그들 가운데 상당수는 내가 실직자라는 걸 이미 잘 알고 있어서 어느 정도 양해가 된다.

근자에 집안 대소사를 제대로 챙기지 못했다. 또 찾아뵈어야 할 분들도 제대로 찾아뵙지 못했다. 세상을 등져서도 아니고 인간관계를 끊어서도 아니다. 순전히 돈 문제인 경우가 대부분이다. 속사정을 잘 모르는 그들로서는 서운하게 여길 수도 있겠지만 어쩔 수 없다. 인정머리 없어서가 아니다. 내 사정이 그분의 '서운함' 이상으로 훨씬 딱하기 때문이다. 때론 오해를 사거나 욕을 먹어도 할 수 없다. 그렇다고 빚내서 부조금을 낼 수는 없는 노릇이고, 체면 때문에 거름 지고 장에 갈 수는 없는 일이다. 그 과정에서 겪는 수모나 고초는 내가 감당할 몫이다. 대장정을 이끈 마오쩌둥(毛澤東)의 어록 중에 '필유지로(必由之路)'라는 말이 있다. '넘어야 할 산, 건너야 할 강'이란 뜻이다.

그래도 실직을 즐긴다고 말하기는 사실 좀 뭣하다. 그러나 여기에 정색하고 논쟁하며 덤벼들기보다는 이를 적절히 회피하고 핑계하면서 웃어넘길 줄 아는 지혜가 필요하다. 또 그럴

수록 매일 면도도 하고 정기적으로 목욕 · 이발하면서 몸을 쿨(cool) 하게 가져야 한다. 장기전에 대비하려면 오히려 몸과 마음이 가벼워야 한다. 죽자 살자 덤비는 사람은 별것 없다. 슬슬 웃으면서 덤비는 사람이 진짜로 무서운 사람이다.

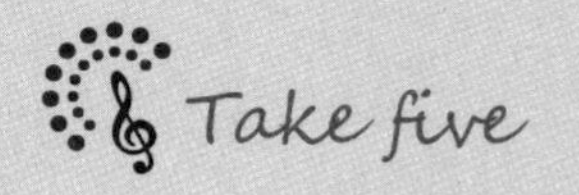

재산 관리와 유산 분배

인생에는 3대 바보가 있다. 손자 본다며 모처럼 놀러 갈 계획을 취소하는 사람, 살날이 얼마 남지 않았다며 자식에게 일찌감치 재산 다 물려주고 용돈 타 쓰겠다는 부모, 자식들이나 손자들이 놀러 오면 방 모자랄까 봐 뒤늦게 집 늘려가는 할아버지 할머니다. 곰곰이 생각해보면 일리 있는 지적 같다. 요즘 세상에 이런 식으로 살다 보면 낭패를 당하기 쉽다. 유산 문제로 부모를 죽이고 형제간에 칼부림하는 세상이 돼버린 지 이미 오래다.

2010년 미래에셋 퇴직연금연구소 조사에 의하면, 우리나라 베이비부머 세대의 65.4퍼센트가 자녀 교육비와 결혼 자금 때문에 자신의 은퇴 이후를 준비하지 못한 것으로 드러났다. 또 '은퇴 준비와 자녀 교육 중 어느 것이 더 중요한가'라는 질문에는 응답자의 절반 이상이 자녀 교육이라고 답했다. 기성세대의 대부분은 아직도 이런 생각으로 살고 있다. 그런데 젊은 세대는 생각이 좀 다르다. 유산은 응당 받아야 할 것으로 여기면서도 부모 봉양은 의무라고 생각하지 않는 편이다.

결국 결론은 하나다. 늙어서까지 자식에게 올인하는 것은 현명하지 못하다. 다른 말로 하면 자식보다 자신을 먼저 챙겨야 한다는 얘기다. 자식만을 믿고 기대했다간 자칫 발등 찍히고 만다. 특히 요즘 세대들은 자기 몸 하나 챙기기도 버거운 상황이다. 그렇다면 액수에 관계없이 재산 관리나 유산 분배를 지혜롭게 할 필요가 있다. 유산은 가능하면 늦게 분배하는 게 좋다. 자칫 돈 주고도 바보 소리 듣고, 부모로서 응당하게 받아야 할 예우조차 무시당하는 경우가 종종 있다.

전문가들은 안정적인 재산 관리를 위해 물가나 부동산 시세, 절세 등을 늘 공부하라고 얘기한다. 또 위험을 최소화하기 위한 분산투자를 권한다. 그리고 '체면유지비' 같은 것은 과감히 떨치라고 주문한다. 물론 인간으로서 기본적인 도리야 지켜야겠지만 체면을 지키기 위해 드는 비용은 눈 딱 감고 줄이라고 조언한다. 재산이 여유롭지 못하다면 그렇게 하는 것이 맞다고 본다.

12 기득권 내려놓기

君子求諸己 小人求諸人

군자는 자신에게서 구하고 소인은 남에게 구한다.

– 공자(孔子), 《논어(論語)》〈위령공편(衛靈公篇)〉

“내가 뭐 그리 대단한 사람이라고….”

‘호칭은 권력’이라는 말이 있다. 한번 국회의원은 죽을 때까지 국회의원으로 불린다. 다음 선거에서 떨어져 20년째 놀고 있어도 사람들은 그를 “의원님!”이라고 부른다. 우리 사회에는 관존민비(官尊民卑) 사상이 여전히 남아 있어 벼슬아치 출신들에 대한 예우가 남다르다. 어디 모임 같은 데 가보면 그런 사람이 늘 상석에 앉는다. 그들 스스로도 그런 관행에 익숙해 있고 또 다들 알아서 모시는 분위기가 자연스레 형성된다. 바로 이런 것이 기득권, 즉 ‘이미 확보해둔 권세’다. 그래서 사람들은 죽어라 벼슬하려 하고 높은 자리에 올라가려고 애를 쓴다.

‘기득권 내려놓기’란 말처럼 그리 쉬운 게 아니다. 이를 죽기보다 싫어하는 사람도 있다. 자존감이 과다하거나 체면을 중시하는 사람들이 대개 그렇다. 전직 대통령 가운데 고 노무현 대통령처럼 서민의 삶을 사신 분은 여태 보지 못했다. 경호원 없이 동네 나다니고 자전거에 손녀 태워 논두렁길을 달리는가 하면 동네 구멍가게에 들러 막걸리 한잔 걸치면서 자연스럽게(?) 담배 한 대 꼬나무는 사람. '전직 대통령 노무현'은 어느새 봉하마을 '노 씨 아저씨'가 돼 있었다. 나도 세 번을 가봤지만 봉하마을 자체는 뭐 특별히 볼 것이 없는 동네다. 노 대통령 생전에 봉하마을을 찾은 사람들은 그의 탈(脫)권위적인 모습이 좋아 환호했던 것이다.

다녀온 지 1년이 넘어서 지금도 그 자리에 있는지 모르겠는데, 연대 앞 굴다리를 지나 구 신촌역사(驛舍) 쪽으로 향하다 오른쪽 첫 골목을 보면 '상하이짬뽕'이라는 입간판이 하나 보인다. 윤종훈 회계사가 운영하는 가게다. 한데 그는 카운터나 지키면서 계산이나 하는 주인이 아니다. 주방장 겸 주인이다. 빨간색 상하이짬뽕 체인 업체 유니폼을 입고 머리에는 주방장 모자를 쓴다. 우리 가족이 가게를 찾았을 때 그는 주방에서 요리를 하고 있었고, 식사를 마치고 나올 때까지 그는 주문받은 음식을 만드느라 주방에서 나오지 않았다. 결국 나는 인사도 제대로 못하고 나왔다.

그는 공인회계사로 일하다 암묵적인 분식회계 관행에 회의를 느껴 그만둔 후 참여연대와 인연을 맺고 조세개혁운동에 뛰어들었던 사람이다. '1인 시위' 창안자로도 널리 알려져 있는데, 1인 시위는 삼성의 불법증여 사실을 널리 알리고 이에 대해 정당한 과세를 요구하기 위해 고민하다가 생각해낸 것이다. '시위는 2인 이상을 필요로 한다'는 집시법의 틈새를 이용해 국세청 앞에서 홀로 시위를 한 것이 1인 시위의 시작이 됐다. 그런 그가 이명박 정부 들어 수입이 3분의 1로 줄어드는 등 상황이 악화되자 결국 회계사 일을 접은 것이다. 그리고 2010년 봄, 이곳에 짬뽕집을 차렸다. 지금 그는 영락없는 짬뽕집 주인아저씨다. 기득권을 내려놓는다는 것은 바로 이런 것이다.

직장인 출신의 중년백수 상당수는 중간 간부 이상의 직위에 있었던 사람들이다. 일반 회사로 치면 과장, 부장, 혹은 그 이상의 직위에도 재직했을 것이다. 현직에 있을 때는 부하직원들로부터 과장님, 부장님, 이사님 소리를 들으며 제법 대접(?)을 받기도 했던 사람들이다. 그런데 실직하고 집에서 놀게 되면 어느 날부터인가 엘리베이터에서 "아저씨!"로 불리기 시작한다(개중에는 "선생님!"으로 불리는 사람도 있겠지만). 부하직원이 아닌 다음에야 낯선 50대 남자에게 '아저씨' 말고 달리 마땅한 호칭도 없다. 나 역시 아파트 엘리베이터에서 위층 꼬마들한테 '아저씨'로 불리는데, 그 아이들을 탓한 적 없다.

조그만 가게라도 하나 얻을 돈이 마련되면 나는 아내와 함께 마포나 광화문 귀퉁이에 국숫집을 하나 내고 싶다. 내 아내는 간편하면서도 맛있는 국수를 잘 만든다. 우리 가족만 먹기 아까운 아내의 음식 솜씨를 활용하고, 거기서 얼마라도 수익이 생긴다면 더 좋은 일이다. 그런 가게를 열면 아내에게 주방을 맡기고 나는 홀 서빙과 카운터를 맡을 작정이다. 그렇게 되면 나도 윤종훈 회계사처럼 허리에는 앞치마를 두르고 머리에는 위생용 작은 보자기를 하나 쓸 생각이다. '쇼'가 아니라 식당 종사자로서 제대로 된 복장을 갖추고자 함이다.

혹시 전 직장 선후배나 지인 등이 찾아오면 더 살갑게 맞이하고 별도의 서비스도 해주고 싶다. 이왕이면 아는 사람에게 더 잘해야 되지 않겠는가. 혹 그가 내 모습을 보고 어쩌다 이렇게 됐냐고 위로의 말을 꺼낸다면 나는 당당히 말하겠다. 옛날은 옛날이고, 나는 지금 가족의 생계를 위해 열심히 살고 있노라고. 앞치마 둘렀다고 부끄러울 것 하나 없다. 평생 국수 가게 하면서 살아온 사람도 있는데 내가 뭐 그리 대단한 사람이라고. 아무튼 도둑질하거나 사기 치는 것보다는 국수 장사가 훨씬 낫지 않겠는가?

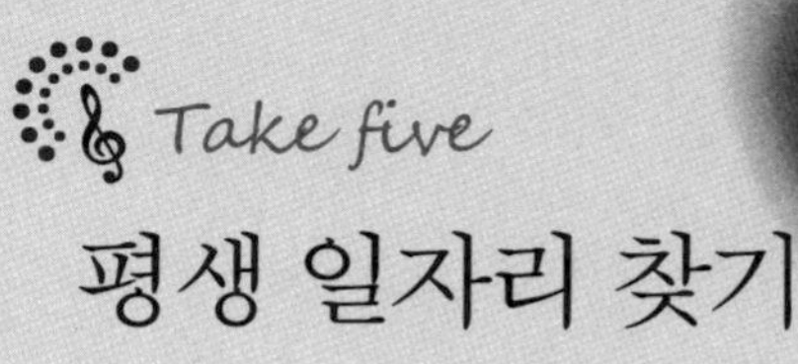

평생 일자리 찾기

최고의 노후 대책은 '평생 일자리'다. 여기에는 이견이 없을 것이다. 비록 작은 액수일지라도 고정적으로 수입을 얻을 수 있다면 참으로 다행한 일이다. 소일거리와 일거리는 다르다. 소일거리는 등산, 텃밭 가꾸기, 취미생활 등 일종의 '시간 죽이기'를 말한다. 반면 일거리는 고정적인 근로 활동을 통해 일정한 수입도 보장받는 것으로 제2의 직장생활이라고도 할 수 있다. 창업이나 부업 같은 형태가 될 수 있고, 혹은 '프리 바이트' 형태의 자유업이 될 수도 있다.

비단 경제적 수입만이 전부인 것은 아니다. 일을 하면 건강한 몸과 건강한 정신이 뒤따라오게 마련이지만 반대로 일이 없으면 몸과 마음이 황폐해지기 쉽다. 따라서 은퇴 후에도 적절한 일거리를 찾는 것이 중요하다. 한데 일자리라면 젊은이도 구하기가 어려운 판인데, 50~60대 은퇴자가 일자리를 찾기란 쉬운 일이 아니다. 그러나 찾아보면 은퇴자가 일할 곳이 없는 것도 아니다. 텔레비전 드라마를 봐도 젊은이 역을 하는 이도 필요하지만 중장년 역을 하는 탤런트도 반드시 필요하지 않은가.

이제 눈높이를 낮추는 일만 남았다. 지금 내 처지를 직시하고 그에 응당한 보상만 받겠다는 각오를 가지면 일자리를 찾을 수 있다. 그러니까 폼 나고 머리 쓰는 일은 젊은이들 몫으로 돌리고, 우리는 거칠고 몸 쓰는 일을 찾으면 된다. 또한 많은 돈을 벌려고 하기보다 일 속에서 보람을 찾는 데 의의를 두자. 일을 하게 되면 시간도 보내고 수입도 내고 게다가 건강까지 저절로 돌보게 된다. 몸이 피곤하면 잠도 잘 올 테니 불면증이 있다면 절로 사라지게 마련이다.

설사 은퇴에 대비한 노후 자금이 있다 해도 무위도식은 금물이다. 그 돈으로는 생활비를 충당하되 뭐라도 일거리를 만들어 하루하루를 계획적으로 사는 것이 중요하다. 돈이 있으면 편하기야 하겠지만 돈만으로 해결되지 않는 것이 무수히도 많다. 30년간 직장에 다니던 사람이 통장에 은퇴 자금 10억 원이 들어 있다고 해서 나날이 행복할까? 아닐 것이다. 따라서 돈이 은퇴 준비의 전부라는 생각은 떨쳐버리자. 인생에는 적금통장 외에도 채워야 할 부분이 많다. 나아가 평생 일자리 찾기는 개인만의 몫이 아니다. '100세 시대'를 맞아 사회와 국가도 문제해결을 위해 적극 나서야 할 것이다.

13 서두르지 않기

冰厚三尺, 非一日之寒

얼음이 석 자 두께로 얼려면 하루 추워서는 안 된다.

– 왕충(王充), 《논형(論衡)》

"사노라면 언젠가는 좋은 날도 오겠지."

매사(每事) 제때가 있고 순서(차례)가 있는 법이다. 아무리 급해도 바늘 허리에 실 매어 쓰지는 못하고, 천하 없는 사람도 불그스레 익은 홍시를 한여름에 먹을 수는 없다. 찬바람 불고 서리가 내려야만 땡감이 홍시가 된다. 밥솥에 안친 쌀은 불을 때고 적당히 뜸이 들어야 먹을 수 있고, 아무리 다그쳐도 어제 시집온 며느리에게서는 손자가 나오지 않는다. 세상사 시간이 지나야 되는 것이 있다. 차분히 순서를 기다려야만 내 차례가 돌아오는 법이다. 그러나 사람 마음은 늘 저 혼자 바쁘다. 《명심보감》 '순명편(順命篇)'에 이런 구절이 있다.

萬事分已定

浮生空自忙
만사 타고난 운수는 이미 정해져 있는데
덧없는 인생 부질없이 저 혼자 바쁘기만 하다

실직 초기에 하루빨리 새 일자리를 구해야 한다는 강박관념 때문에 화병(火病)에 시달리는 경우가 많다. 그러면 되레 일을 그르치기 십상이다. 일자리가 쉽게 나타나지 않자 얼마 안 되는 퇴직금으로 가게를 차렸다가 홀랑 털어먹기도 하고 급한 마음에 준비 없이 귀농했다가 낭패를 보는 사람도 더러 봤다. 익혀야 할 것은 익혀야 하고 몇 년 묵혀야 할 것은 묵혀야 제대로 된 물건이 나오는 법이다. 세상에 시간 투자 없이 그저 되는 건 아무것도 없다. 그런 절차를 무시하고 함부로 덤볐다가 실패를 경험한 사람 가운데 하나가 바로 나다.

직장에서 쫓겨난 후 후배 회사에서 한동안 소나기를 피했다. 그러나 그 직장에서 내가 기여할 부분이 그리 많지 않았다. 후배가 나를 부른 것도 내가 꼭 필요해서라기보다는 나에 대한 배려의 마음이 더 컸다. 그렇게 1년가량 지나면서부터 마음이 급해지기 시작했다. 어서 내 능력과 적성에 맞는 일자리를 찾아야 한다는 조급함에다 후배에게 더 이상 부담을 줘서는 안 된다는 강박관념까지 겹쳤다. 그러던 차에 우연히 사업거리를 하나 접하게 됐다. 나로서는 전혀 문외한인 농업 분야였다. 처음부터 사업으로 일궈볼 생각은 아니었다. 그러나 그쪽에서 총판권을 줄 테니 보급 사업을 해보지 않겠느냐고 제안하면서 일이 시작됐다.

마포에서 80평대의 고깃집을 하는 한 사장님은 가게를 인수하면서 6개월 동안 지켜봤다고 한다. 하루에 손님이 몇 명이나 오는지, 어떤 손님(연령대, 성별 등)이 오는지, 평일과 주말의 차이는 무엇인지, 한 팀당 보통 얼마나 머무르는지 등등. 사업 규모가 크든 작든 새로 일을 시작하려면 무엇보다 면밀한 검토와 치밀한 준비가 필요하다. 나도 그래야 했다. 시장성은 있는지, 농민들의 구매력은 어느 정도인지, 정부 보조금이나 지원은 어느 정도 가능한지, 우리 상품에 대한 구매욕구가 어느 정도인지 등등. 그러나 그러지 못했다. 급한 마음에 특허제품이라는 상품의 우수성 하나만 믿고 사업을 시작했다.

그러나 현실과는 괴리가 컸다. 좋은 물건이라고 해서 다 사는 건 아니었다. 내가 만나본 농민 가운데 우리 물건에 대해 나쁘다는 사람은 없었다. 그러나 문제는 돈이었다. 농민 가운데 그 물건을 제 돈으로 살 사람은 거의 없었다. 그렇다고 정부 지원이 빵빵하게 나오는 것도 아니었다. 좋은 물건인 줄 뻔히 알면서도 사는 사람이 없었다. 결국 나는 어느 시점에서 사업을 계속할 것인지 말 것인지를 고민하게 됐다. 주주모임에서 사업을 접자는 의견이 모아지면서 나는 6개월 만에 사업을 정리했다. 그 과정에서 나를 믿고 투자해준 사람들에게 투자 금액의 50퍼센트나 되는 손실을 끼쳤다. 그 일로 내가 깨달은 것은 '벤츠 좋은 줄 알지만 돈 없으면 못 산다'는 평범한 진리였다.

지인 중에 대기업 간부 자리를 내던지고 산골로 귀촌한 사람이 있다. 그렇게 되기까지의 이야기는 이렇다. 그는 아내의 외도 탓에 결국 이혼한 후 한동안 방황의 세월을 보냈다. 멀쩡한 가정이 파괴되자 그도 망가지기 시작한 것이다. 한동안 모습을 드러내지 않으며 '잠수'를 탔고, 주변에서는 그를 걱정하는 목소리가 이어졌다. 그러다 하나 있는 딸이 빗나가기 시작하자 그제야 정신을 차리고 새 삶을 모색하기 시작했는데, 도시는 이제 꼴도 보기 싫다며 시골로 가고자 했다. 그러나 아버지도 월남민이었기에 마땅히 돌아갈 시골도 없었다.

그러다 우연히 친구의 소개로 특수작물 재배에 관심을 갖게 됐다. 군청에서 귀농교육을 받고, 1년 넘게 현장을 다니며 재배기술을 배웠다. 군청 소개로 쓸 만한 빈집을 구해 거처를 마련한 후 서울 살림을 정리해 시골로 내려간 지 4년 정도 됐는데 이제는 제법 자리를 잡았다. 연 수입이 어림잡아 4,000만 원은 된다고 했다. 그 정도 벌이에 한 달 생활비가 50만 원이 채 안 든다고 하니 그처럼 여유 있고 속 편한 사람도 드물 것이다. 작년에는 새장가도 들어 요즘 다시 신혼 기분이란다. 한때는 불행의 주인공 같던 그가 이제는 오히려 부러운 존재가 됐다. 모두 그 친구가 서두르지 않고 차근차근 준비한 결과다.

오늘 아무리 거센 비바람이 몰아쳐도 내일은 내일의 해가 뜬다. 달빛이 천강(千江)을 고루 비추듯 그 해는 내 머리 위에도 뜨게 마련이다. 한번 기회를 잃었다고 해서 전부 잃은 것이 아니다. 남들보다 좀 먼저 직장을 나왔다고 해서 무덤에도 내가 먼저 들어가는 것은 아니다. 세상사 1등이 있으면 2등도 있고 3등도 있다. 마라톤 같은 인생에서 역전의 기회는 얼마든지 있다. 준비하기 나름이다. 해외여행 가려고 95세에 영어공부를 시작한 할아버지도 있다지 않은가.

대학 2학년 때 대구 이현공단에서 잠시 야학교사를 한 적이 있다. 그 시절, '여공' 학생들과 함께 즐겨 부르던 노래가 있는데, 바로 〈사노라면〉이다.

사노라면 언젠가는 좋은 날도 오겠지
흐린 날도 날이 새면 해가 뜨지 않더냐
새파랗게 젊다는 게 한 밑천인데
쩨쩨하게 굴지 말고 가슴을 쫙 펴라
내일은 해가 뜬다 내일은 해가 뜬다

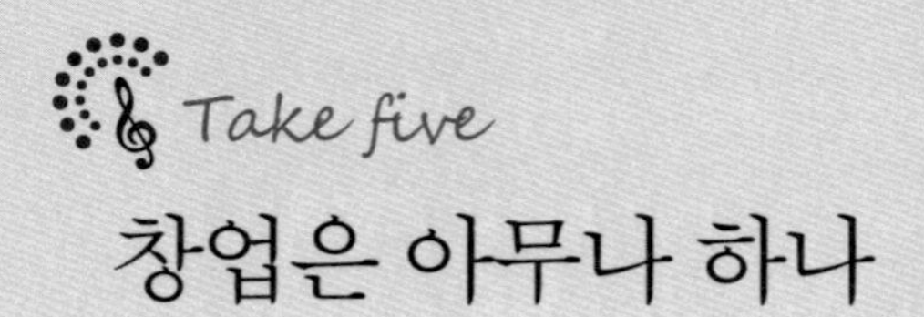

창업은 아무나 하나

백수든 은퇴자든 직장을 그만두고 나면 조급해지기 쉽다. 살아갈 날은 새털같이 많은데 벌어놓은 돈은 별로 없고, 아직 자녀들에게 들어가야 할 돈이 필요한 경우라면 더욱 그렇다. 직장을 그만두고서 겪는 가장 큰 충격은 '월급 중단'이다. 수십 년째 매달 월급날이면 착착 들어오던 월급이 어느 날 딱 끊기면 이제 비로소 실직을 절감하게 된다. 그러면 마음이 급해진다. 뭘 해서라도 돈은 벌어야겠는데 새 직장 구하기는 여의치 않고. 이때 가장 쉽게 손대는 것이 창업이다. 그러나 우리 주위에는 창업으로 큰돈 벌었다는 사람보다 몇 개월 만에 퇴직금 다 날렸다는 얘기가 훨씬 더 많다.

KB금융지주 경영연구소가 2001년부터 2012년까지 583만 개인사업자 정보를 토대로 분석한 보고서에 따르면, 3년 이내 휴업하거나 폐업하는 비율이 47퍼센트에 달했다. 절반이 3년 이내에 망해서 손 털고 일어섰다는 얘기다. 그럼에도 별다른 준비 없이 창업에 뛰어들었다가 낭패를 보는 경우가 허다한 실정이다. 중소기업청 조사에 따르면, 준비 기간이 6개월 미만인 창업이 60퍼센트, 6개월~1년이 13퍼센트, 1~2년이 9퍼센트라고 한다. 최소 1년 이상의 준비가 필요하나 절반 이상은 별 준비 없이 창업에 뛰어든다는 얘기다.

특히 전문가들은 전직 공무원, 경찰, 교사, 군인 등에게는 창업을 피하도록 권한다. 이런 사람들은 살면서 남에게 아쉬운 소리를 해본 적이 별로 없다. 정년이 보장되고 맡은 바 일만 하면 월급이 나오는 데다 누구에게 부탁을 할 일도 별로 없었기 때문이다. 그러다 보니 상대적으로 서비스 정신이나 배려심이 부족하다고 할 수 있다. 그런데 장사는 그러면 안 된다. 속이 썩어 문드러질 정도로 간도 쓸개도 다 빼주는 게 장사라고들 한다. 그러니 이런 사람들이 장사를 하면 판판이 망할 수밖에 없다. 물론 100퍼센트 다 그렇다는 건 아니지만.

굳이 창업을 해야 하는 상황이라면 '선배'들의 조언을 귀담아들어야 한다. 우선 잘 아는 직종을 선택해야 하고 또 내가 좋아하는 일을 해야 한다. 또 창업을 하기 전에 반드시 현장에서 배우고 익히는 시간을 갖는 것도 중요하다. 6개월에서 1년 정도 직접 가게에 가 부딪쳐봐야 하는 것이다. 밑바닥을 제대로 알고 성공에 대한 확신이 서면 그때 비로소 창업해도 늦지 않는다. 30년 직장생활의 대가로 받은 퇴직금을 호박씨 까서 한입에 털어넣듯 하면 안 된다. 창업은 아무나 할 수 있지만 아무나 하면 안 된다.

14 스스로 위로하기

발끝으로 서는 자는 오래 서 있을 수 없고
가랑이를 벌리고 황새처럼 걷는 자는 오래 걸을 수 없다.
스스로 나타내고자 하는 자는 나타나지 않고
스스로 옳다고 하는 자는 드러나지 않으며
스스로 칭찬하는 자는 오래가지 않는다.

— 노자(老子), 《도덕경(道德經)》

"자네, 그간 참으로 수고했노라고…."

이따금 시내에 나갈 일이 있다. 모임도 가끔 있고 더러는 보자는 사람이 있어 바람도 쐴 겸 외출에 나선다. 모임은 주로 점심때나 저녁때 있는데, 그 시간 광화문 네거리에 나서보면 젊은 직장인들로 거리가 넘쳐난다. 식당이나 술집도 마찬가지다. 막 퇴근한 젊은 직장인들이 넥타이 풀고 편하게 얘기하고 떠들고 노는 모습은 참 보기 좋다. 이제는 내 아들뻘, 조카뻘이니 그들이 부러울 것은 없다. 나도 저 때는 넥타이 매고 직장에 다니며 즐거운 시간을 보냈다. 그리 생각하면 10년 전, 20년 전 내 모습을 보는 것 같아 흐뭇하기조차 하다.

백수의 삶이 힘든 이유 중 하나는 '위로'가 없기 때문이다. 가족을 위해 20년 넘게 봉사해왔건만 그간의 노고는 온 데 간 데

없이 한순간에 천덕꾸러기나 뒷방 늙은이로 전락하기 쉽다. 이 몇 년간의 실직이 평생의 노고를 깔아뭉개다니, 전혀 온당치 않다. 이런 경우 회사나 사회를 원망하기에 앞서 가족에 대한 분노와 배신감이 앞서는 게 보통이다. 그러나 그렇다고 해서 가족을 원망만 할 수도 없는 노릇이다. 가족들 역시 당장의 생활고로 인해 뿔이 나 있는 상황이기 때문이다. 무리하게 가족을 설득하려다가는 자칫 가정불화가 생길 수 있다.

이럴 때는 달리 방법이 없다. 내가 나를 위로해야 한다. 우선 지나온 나의 삶을 자랑스럽게 여겨야 한다. 적어도 20여 년을 직장에 봉사했고 그렇게 받은 월급으로 가정을 꾸려왔지 않은가. 직장 다니는 동안 주변에 큰 폐 끼치지 않고 대과(大過) 없이 지냈다면 더욱 뿌듯하게 여길 일이다. 그렇게 해서 번 돈으로 아이들 학교 보내가며 이만큼이라도 키워놨다면 나는 한 인간으로서도 할 만큼 한 것이다. 아직은 건강도 좋고 기회가 되면 언제든지 다시 일할 욕구도 있으니 이 또한 감사할 일이다. 이런 나를 그동안 내팽개쳐온 것이 다름 아닌 나였다면 그건 나 스스로에게 참으로 미안한 일이다.

세상 남자가 다 영웅호걸은 아니다. 세상 사람이 다 출세하고 떼부자인 것도 아니다. 영웅호걸, 천석꾼, 만석꾼은 하늘이 내는 것이다. 넉넉지 않은 서민의 자식으로 태어나 빈손으로 시작한 서울살이를 여기까지 끌어온 것만으로도 나는 충분히 대견하다. 국민으로서 4대 의무를 성실히 다해왔고 남은 생애에 매국노 짓 하지 않을 거라면 나는 어디에서건 손가락질 받을 일이 없다. 그러므로 나는 집안에서도 사회적으로도 훌륭한 사람임에 틀림없다. 다만 그간 이런 나의 참모습을 아무도 발견하지 못했을 뿐이다.

그동안 우리 또래 기성세대는 자신을 위한 투자에 마음 쓸 겨를이 없었다. 맛난 것은 자식 입에 넣어주고 귀한 것은 부모님께 안겨드렸다. 내 것은 항상 뒷전이거나 아예 신경 쓰지 않았다. 우리 윗대가 그리 했기에 우리도 그렇게 하는 것이 당연

제일 먼저 위로해줘야 할 사람은 바로 '나'다. 내가 나를 위로해야 한다.

하다 여겨왔다. 그런데 지금 내게 돌아오는 것이 고작 이런 대접이라면 참담한 노릇이다. 이제라도 나 스스로를 위로하고 다독여야겠다. 그간 수고했노라고, 가족 위해 애 많이 썼노라고. 그리고 이제는 좀 쉬어도 괜찮노라고.

스스로를 위로하는 방법 가운데 하나는 즐겁게 사는 것이다. 나는 요즘 들어 심각하거나 비극적인 내용의 프로그램은 가능하면 피한다. 대신 코미디나 오락 프로그램, 흥미로운 내용의 다큐를 즐겨 본다. 그리고 텔레비전을 보는 내내 웃는다. 이런 프로그램을 보면 저절로 웃게 된다. 웃는 얼굴에 복이 온다고 했다. 슬픔은 감정을 정화시켜주는 효과는 있지만 사람의 기운을 끌어내리기 쉽다. 실직자가 기운까지 처지면 염세주의로 빠지기 쉽고 자칫 극단적 선택으로 기울 수도 있다. 자살도 일탈도 따지고 보면 사소한 데서 출발하는 것이 보통이다. 자기 위로를 통한 자기 억제 시스템을 가동시켜야 한다.

이따금 '묻지마 살인'이 벌어진다. 백주에 대로에서 죄 없는 사람들에게 흉기를 휘두르는 끔찍한 난폭 행위 같은 것을 말한다. 이는 세상에 대한 적개심을 불특정 다수에게 분풀이하는 것으로 볼 수 있다. 그런데 그 뿌리를 캐보면 어딘가 자기를 담을 작은 그릇 하나조차 가지지 못한 데서 이런 일이 생겨난 것 아닐까 싶다. 아무리 세상살이가 고달파도 일말의 자존감을 담아둘 항아리 하나쯤 가슴에 품고 있다면 이렇게까지 난동을 부릴 이유가 없다. 결국 기본적으로는 그 개인의 문제다. 그러나 인생 낙오자나 소위 최하위 계층에 대한 배려와 위로가 없는 야박한 세상도 '묻지마 살인'의 원인이 되었다고 생각한다. 따뜻한 관심과 위로의 말 한마디가 부족했기 때문이리라. 통계상 결손가정의 자녀들이 사고를 일으키는 경우가 많은데, 이는 따뜻한 정이 부족해서일 게다.

위로는 죽을 사람을 살리고 산 사람은 더욱 신나게 살도록 돕는다. 제일 먼저 위로해줘야 할 대상은 바로 나다. 어려운 상황일수록 내가 나를 다독여야 한다.

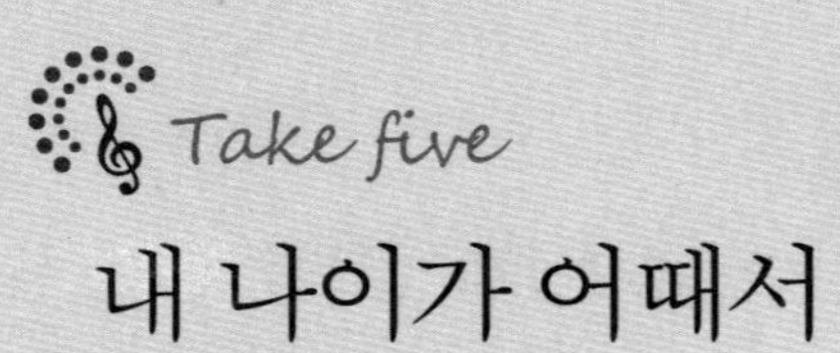

내 나이가 어때서

가수 오승근이 부르는 〈내 나이가 어때서〉라는 유행가가 있다. '내 나이가 어때서 / 사랑에 나이가 있나요 / 세월아 비켜라 내 나이가 어때서 / 사랑하기 딱 좋은 나인데.'

요즘 이 노래가 7080 이상의 장 · 노년 세대에게 큰 인기를 끌고 있다. 고속도로 휴게소나 식당 같은 데서 시도 때도 없이 흘러나온다. 가사도 쉽고 곡도 쉬워 한번 들으면 누구나 금방 흥얼거릴 수 있다. 노래 내용은 '노년의 사랑'인데, 결론은 '나이는 숫자에 불과하다'는 얘기다.

동서고금을 통해 볼 때 중 · 장년에 대성한 예가 적지 않다. '이 나이에 무슨 꿈을…….' 하고 뭉개고 있다면 그건 핑계에 불과하다. 시작하기에 너무 늦은 나이는 없다. 80세 할머니 패션 모델이 있는가 하면 70대 중반의 할아버지 보디빌더도 있다.

근년에 국내에서도 베스트셀러 작가가 된 일본의 시바타 도요 할머니는 99세에 첫 시집 《약해지지 마》를 출간했다. 그녀는 90세부터 시를 쓰기 시작했으며, 학력은 초등학교 졸업이 전부다.

이런 예는 수도 없이 많다. 세르반테스는 58세에 《돈키호테》를 완성했고, 프랭크 로이드 라이트는 91세에 구겐하임미술관을 완성했다. 톨킨은 62세에 《반지의 제왕》을 발표했으며, 구스타브 에펠은 57세에 파리 에펠탑을 세웠다. 또 오귀스트 피카르는 69세에 수심 3,050미터까지 내려갔으며, 레이 크록은 53세에 맥도날드 1호점을 열어 현재 전 세계 1만6,000개의 체인점을 갖고 있다. 코코 샤넬은 71세에 패션계를 다시 평정했다. 대기만성한 사람들이다.

언젠가 95세 할아버지가 어학 공부를 시작했다는 얘기를 듣고 놀란 적이 있다. 65세에 직장에서 은퇴한 그 할아버지는 95세 생일 때 후회의 눈물을 흘렸다고 한다. 왜일까? 할아버지는 "퇴직 후 이제 다 살았으니 남은 인생은 그냥 덤이라는 생각으로 그저 고통 없이 죽기만을 기다렸다. 덧없고 희망 없는 삶, 그런 삶을 무려 30년이나 살았다."며 "그때 내가 이미 늙어버려 뭔가 시작하기에는 늦었다고 생각한 것이 큰 잘못이었다."고

밝혔다.

95세에도 아직 정신이 또렷하다는 할아버지가 평소 하고 싶던 어학 공부를 시작한 이유는 "10년 후 맞이하게 될 105번째 생일에 95세 때 왜 아무것도 시작하지 않았는지 후회하지 않기 위해서"였다. 이 이야기를 '별난 노인'의 얘기 정도로 가벼이 흘리면 안 된다. 할아버지 연세의 절반을 겨우 넘긴 중년백수들이 새겨들어야 할 얘기가 아닌가 싶다.

15 늘어지지 않기

하천은 쉼 없이 흐르기 때문에 바다에 이른다.
구릉은 움직이지 않고 멈춰 있기 때문에 산이 될 수 없다.
— 양웅(揚雄), 《법언(法言)》

"이왕이면 머리보다는 몸 쓰는 일을!"

직장에 다니면 출근 시간이라는 게 있다. 직장을 그만둘 생각이 없다면 천하없어도 출근 시간에 맞춰 회사에 도착해야 한다. 출근은 직장인의 시작이요, 존재 이유다. 그러나 실직자가 되면 출근 시간이라는 게 없다. 출근할 직장이 없으니 출근 시간이 있을 리 없다. 그러다 보면 일어나는 시간이 기상 시간이고 또 아침(또는 아점) 식사 시간이다. 늦잠을 자고 일어나면 하루가 하루 같지 않다. 아침을 제때 먹어야 점심도 먹을 수 있는데, 오전 11시에 아침을 먹으면 점심은 절로 건너뛰게 돼 있다. 이런 날은 오전이 온데간데없고 하루에 오후와 저녁만 남는다. 말하자면 반 쪼가리 하루다.

그렇다고 매일 새벽같이 일어나서 의관(衣冠)을 정제하고 신독(愼獨)을 실천할 것까지는 없다. 다만 실직자도 일상생활이 늘어지면 안 된다. 최소한 식구들이 일어날 때 함께 일어나 밥 먹을 때 한 밥상에서 같이 먹는 정도는 되어야 내가 출근만 하지 않을 뿐 정상적인 가족 구성원의 일원임을 확인할 수 있다. 한두 번 밥 먹는 자리에 빠져버릇하면 그다음부터는 부르지 않는 수가 있다. 그런 일이 반복되면 스스로가 고립되어 갇히고 만다. 그렇게 뒷방 늙은이로 굳어지는 것이다.

우리 집 마루에는 자그마한 나무 상(床)이 하나 놓여 있어 밥 먹을 때는 밥상, 책 볼 때는 책상, 커피 마시고 놀 때는 찻상 역할을 한다. 식사 때가 되면 나는 주방으로 가서 밥과 반찬을 나르고 행주로 밥상을 닦는다. 밥 먹고 나서는 쟁반에 그릇을 담아 부엌까지 날라주기도 한다. 나도 가족으로서 밥상차림에 동참한다는 차원에서 그리 하고 있다. 밥 먹고 나서는 늘 감사 인사를 잊지 않는다. 사소한 것이지만 아내는 나의 이런 행동을 좋아한다.

늘어지지 않기 위해서는 나름의 질서 있는 생활이 필요하다. 그렇다고 내가 이걸 철저히 지키는 것은 아니다. 물론 내 경우는 조금 예외적일 수 있다. 부업 삼아 또 때로는 취미 삼아 종일 책을 읽고 글을 쓰는 일을 하는 만큼 정상적으로 생활하기 어려운 때가 있기 때문이다. 실직한 이후 네댓 권의 책을 썼는데, 책 쓰는 동안에는 주로 낮밤이 뒤바뀌는 생활을 했다. 낮에는 중간에 식사 시간도 있고, 더러는 외출도 하고, 간간이 인터넷 서핑도 즐기다 보면 아무래도 집중도가 떨어지기 때문이다. 그래서 나는 늦은 밤이나 새벽까지 책을 보거나 글을 쓰고 늦잠을 잔다. 나로서는 이게 규칙적인 생활 행태다.

늘어지지 않으려면 뭔가 소일거리가 있어야 한다. 앞에서 언급한 SNS랑 놀기, 뒷산 오르기, 도서관 즐겨 찾기, 좋은 사람들과 만나기, 이런 것만으로는 부족할 때가 있다. 그럴 경우 봉사활동을 한두 가지 정해놓고 정기적으로 하면 좋다. 시간도 때우고 보람도 있고 더러 용돈도 벌 수 있다. 한 예로 고궁 등 역사 유적지나 북촌, 남산 등 관광지 해설사가 있다. 소정의 교육을 받으면 누구나 할 수 있고, 영어나 일어 등 외국어 배경이 있으면 더욱 유리하다. 1365 자원봉사 포털(www.1365.go.kr/)에서 각 분야의 다양한 자원봉사 정보를 얻을 수 있다.

이왕이면 머리보다 몸을 쓰는 일을 하면 늘어지지 않는다. 그러자면 운동이 제일이다. 그렇다고 피트니스클럽 같은 데서 체계적으로 운동하라는 말은 아니다. 프로 운동선수가 되려는 것은 아니니까. 요즘은 동네마다 배드민턴이나 테니스, 수영 등 생활체육 모임이 여럿 있다. 구청 홈페이지나 국민생활체육회(www.sportal.or.kr) 등에서 관련 정보를 쉽게 찾을 수 있다. 이런 취미는 큰돈 들지 않아 좋고 사람을 사귈 수 있어 좋다. 정기적으로 시간 보내기에도 이만한 것이 없어 보인다. 낯선 사람들과의 만남은 늘 신선하고 또 배울 것이 있다. 우연한 기회에 귀인(貴人)을 만나 새 삶이 열릴 수도 있다.

내가 속한 공동체나 지역사회를 위해 봉사하는 것도 값진 일이다. 아파트 거주자의 경우 동대표로 활동하면서 주민의 권익 향상 방법을 모색하고 관리비 지출을 감시하는 것도 보람 있는 일이다. 조금 더 확장하면 구청의 주민위원회나 구정평가단에서 활동하는 경우도 있다. 여기서 경험을 쌓아 구의원이나 시의원으로 진출하는 방법도 생각해볼 수 있다. 실직자는 마음만 먹으면 일반 직장인보다 더 공적 가치가 큰 일을 할 수 있다. 제대로 된 사회라면 실직자만이 아니라 은퇴자들에게도 이와 같은 봉사 기회를 만들어주어 개인과 사회에 도움이 되도록 유도해야 할 것이다. 뉴질랜드 사람들은 은퇴해서 자원봉사 하는 게 인생의 마지막 꿈이라고 생각한다는 글을 어디에서 읽은 적이 있다.

끝으로 〈오마이뉴스〉에 시민기자로 가입해 본격적으로 글을 써보는 것도 권장할 만하다. 한 분야에 나름의 전문성을 지니고 있다면 더욱 좋겠지만 그게 아니라면 생활 얘기를 쓰면 된다. 글쓰기 초보자라면 오연호 대표가 직접 강사로 나서서 진행하는 '오연호의 기자 만들기' 코스를 수강하면 큰 도움이 된다. 이는 단순히 앞에서 언급한 '기록'의 차원을 넘는 것이다. 〈오마이뉴스〉 시민기자로는 주부, 학생, 직장인, 현직 교사 등 다양한 분야의 사람들이 활동하고 있는데, 만족도가 상당히 높다. 자신의 경험이나 전문적 식견을 독자들과 나눌 수 있으며 때로는 세상을 변화시킬 수도 있기 때문이다. 정식 기사로 채택되면 원고료도 지급받는다.

봉사하는 즐거움

언젠가 텔레비전 프로그램에서 호주 노인들에게 꿈이 무엇인지 묻자 대다수가 '봉사 활동'이라고 답하는 것을 보고 크게 공감했던 적이 있다. 독일의 60~69세 노인들의 37퍼센트가 봉사 활동에 참여하고 있다는 통계도 있다. 근래 들어 우리 사회에도 봉사문화, 기부문화가 점차 확산되고 있기는 하나 아직도 특수 계층에 한정된 감이 없지 않다. 제 몸 하나도 건사하기 어려운 사람에게 봉사 활동이라는 말은 한가한 얘기로 들릴 수도 있다. 그러나 도시 노인들 가운데는 봉사를 삶의 보람으로 여기는 분들이 적지 않다.

"봉사는 기쁨이다. 해보지 않고는 알 수 없는 즐거움이다. 자신을 낮출 줄 아는 마음이 생기고, 하면 할수록 더 많은 것을 얻고 배운다. 학교 앞에서 등 · 하굣길 교통 도우미를 하는 한 친구는 '할아버지, 고맙습니다.'라는 학생들 한마디에 신이 나서 봉사 활동을 계속하고 있다. 봉사는 나를 춤추게 하고 이웃을 즐겁게 만드는 악기와 같다."

이는 '봉사가 무엇이라고 생각하는가?'라는 질문에 대해 한 노인 봉사 활동가가 답한 내용이다. 봉사 활동에 대한 그 어떤 정의나 설명보다 충실하고 적절한 답이라 생각한다. 봉사 활동은 자기가 좋아 스스로 하는 것이다. 만약 남이 시켜서 하는 것이라면 그것은 노력 동원이다. 노력 동원은 강제로 끌려와 하는 일인 만큼 기쁘지도 않고 일한 보람도 크지 않다. 그저 타의로 와서 시킨 일을 수행하는 것일 뿐이기 때문이다.

어느 시골 마을의 한 노인 이발사는 영업을 하지 않는 일요일에 이웃 마을을 돌며 노인들의 머리를 깎아준다. 이발사는 자기가 할 수 있는 '봉사'라고는 머리를 깎아주는 것뿐이라고 한다. 노인들도 때가 되면 이발을 해야 한다. 이발을 하려면 비용도 들지만 면 소재지나 읍내까지 나가야 한다. 그런데 집에 앉아서, 그것도 공짜로 이발을 할 수 있으니 얼마나 고마운 일인가. 이발사는 동네 어르신들로부터 존경과 부러움을 한 몸에 받고 있었다.

봉사는 나눔이요, 베풂이다. 나누고 베푸는 마음은 꼭 여유로운 사람만 할 수 있는 것이 아니다. 물질의 여유보다 나누고 베풀고자 하는 마음이 우선돼야 가능한 법이다. 부자보다는 서민들이 봉사와 나눔에 앞장서는 예가 많은 걸 보면 이 말이 옳다고 본다. 또 봉사가 꼭 물질만을 얘기하는 것은 아니다. 인정을 나누고 더러는 재능이나 기회를 나누는 경우도 있다. 비록 작은 것일지라도 남과 나누고 베풀 수 있다는 것은 행복이요, 보람이다.

16 새 일거리 찾기

사람이 인생에서 가장 후회하는 어리석은 행동은
기회가 있을 때 저지르지 않은 행동이다.
– 헬런 롤런드(Helen Rowland)

"'일자리' 대신 '일거리'를 찾아보자."

실직자 대다수의 관심사는 새 일거리(혹은 일자리)를 찾는 것이다. 중년백수의 대부분은 사정이 그리 여유롭지 못하다. 40대 백수의 경우 아이들이 아직 공부를 마치지 않은 경우가 대다수일 것이고 나 같은 50대 백수는 자녀 결혼이 가장 큰 걱정거리다. 두 아이가 모두 20대 중 · 후반인데 아이들 결혼 문제는 일단 제쳐두고 있다. 아이들이 들으면 서운하겠지만 당장 이달 생활비가 걱정인 마당에 그것까지 살펴볼 여유가 없다.

나도 실직 후에 여러 군데 일자리를 찾아보았다. '배운 게 도둑질'이라고, 할 줄 아는 것이라고는 글 몇 줄 쓰는 일밖에 없었으니 우선 언론사를 뒤졌다. 그런데 내 성향상 조 · 중 · 동 류(類)의 신문사에는 갈 수 없고, 거기서 나를 받아줄 리도 만무

했다. 그렇다고 기존 방송사에 갈 형편도 못되었기에 군소 인터넷 신문사의 문을 두드렸으나 그쪽도 형편이 여의치 못했다. 평기자로 들어가겠다 해도 나에 대한 예우 문제 등이 신경 쓰이는 눈치였다. 그래서 알고 지내는 신방과 교수들을 통해 대학 강사 자리를 수소문해봤으나 그 역시 마땅치 않았다. 요즘 노는 젊은 박사가 차고 넘친다고 하더라.

그렇다고 무슨 사업을 할 형편도 못되었다. 평생 글만 써왔으니 세상 물정도 잘 모르고, 사업 수완이 뛰어난 편도 아니었다. 이미 한 번 실패한 경험도 있고.

50대 백수는 대개 전 직장에서 간부를 지낸 사람들이다. 이미 퇴직한 그들에게 새로 '자리'를 줄 직장은 그리 많지 않다. 변호사나 의사가 개인 사무실을 폐업하고 로펌이나 종합병원에 취직하는 경우는 왕왕 있는데 그건 전문직종에서나 가능한 일이다. 대다수 일반 회사의 경우에는 특별히 필요한 사람이 아닌 경우 신입사원으로 충원하는 게 보통이다. 급료가 싸고 부려먹기도 좋기 때문이다. 결국 중년백수에게 재취직은 그림의 떡인 경우가 많다.

그래서 내가 생각해낸 것이 개념의 전환이다. 즉 '일자리'가 아니라 '일거리'를 찾아보기로 한 것이다. 얼마 전 글쟁이 지인이 모처럼 연락을 해왔다. 그 역시 현재 백수 상태인데 나와 다르게 그 친구는 바쁜 나날을 보내고 있었다. 알고 보니 대필(代筆)을 하고 있었다. 출판 담당 기자를 거친 데다 이래저래 인맥이 좋아 더러더러 일거리가 있다고 했다. 그러면서 나에게도 대필을 제안하는 것이었다. 그간 내 책은 써봤지만 남의 책을 대신 써준 적은 없었다. 처음에는 조금 꺼려지기도 했다. 남의 이름으로 나가는 책을 써준다는 게 도덕적으로 무슨 문제가 있는 것처럼 여겨졌다.

그런데 나의 이런 생각에 대해 그 친구는 '반박성 해명'을 쏟아냈다. 우선 사람들 중에서 책을 쓸 수 있는 사람은 생각보다 그리 많지 않단다. 우리 사회에서는 기자를 전문가로 평가하지 않는다. 일부 '전문기자'를 제외하고는. 그러나 기삿거리를 착안해내는 감각, 주어진 시간(마감 시간) 내에 기사를 작성하는 능력, 기사의 핵심을 뽑아내는 발상 등은 그 나름의 전문성을 인정할 만하다. 결론적으로 얘기하면, 이런저런 이유로 책을 내고 싶어도 글을 쓰지 못해 애를 먹는 사람들이 더러 있다는 것이다. 대필은 그런 사람을 도와주는 것이니 당연히 나쁜 일이 아니고. 게다가 훌륭한 분들의 삶을 기록하고 평가하는 일도 소중한 작업이라고 했다. 듣고 보니 일리가 있었다. 실지로 유명 인사의 회고록 및 자서전은 99퍼센트가 대필이다.

그렇게 결국 나도 대필자 대열에 합류하게 되었다. 당장 생활고 문제도 있거니와 비교적 내가 잘할 수 있는 일이기 때문이다. 때마침 출판사를 경영하는 후배가 제안을 해와 한 권은 이미 마쳤다. 현재 지인의 소개로 연말까지 일정으로 또 다른 책을 쓰고 있다. 다만 나는 대필을 하더라도 한 가지 원칙을 세웠다. 내 양심과 영혼을 파는 글은 절대 쓰지 않기로. 그래서 특정인을 영웅으로 만들거나 사실에 부합하지 않는 내용의 책은 쓰지 않고 있다. 비록 경제적인 문제로 글품을 팔고 있지만 이런 것은 절대 양보할 수 없다. 요즘 드는 생각 하나는 이 정도까지는 주변에서 이해해주지 않을까 하는 것이다. 그럼에도 이런 나를 비판한다면 그건 내가 감수(甘受)할 몫이다.

내 경우를 예로 든 것은 다른 이유가 아니라 일거리를 찾더라도 주변에서 찾아야 한다는 점을 강조하고 싶어서다. 대부분의 사람들은 일생 동안 한두 분야에서 일하고 물러나는 것이 보통이다. 제조업이면 제조업, 장사면 장사, 교사면 교사, 은행원이면 은행원으로 직장생활을 마친다. 따라서 경험하는 분야가 극히 한정돼 있다. 그런데 서둘러 일자리를 찾다 보면 낯선 분야에 뛰어들어 낭패를 보기 십상이다. 사람을 알아도 평소 일하던 분야의 사람을 알고 시세를 알아도 그쪽을 더 잘 안다. 50대는 새로운 도전을 하기에는 늦은 나이다. 실패해도 좋으니 경험 삼아 해보는 일이라면 몰라도 전부를 걸고 새로운 일을 시작하는 것은 금물이다. 차라리 아껴 쓰며 백수로 지내느니만 못할 수도 있다.

화제를 돌려보면, 재취업의 한 방안으로 귀농(귀촌 포함)을 꿈꾸는 사람이 많다. 유명한 귀농 관련 사이트에 들어가보면 내 또래 50대는 물론이요, 40대들의 관심도 매우 높다. 이러다 보니 전국 지자체에서는 귀농인들을 유치하기 위해 다양한 정책들을 내놓고 있다.

다만 귀농이 '블루 오션'인 것만은 아니다. 잠시 농업 관련 사업을 하면서 귀농 문제를 살펴볼 기회가 있었는데, 준비 안 된 도시인들에게는 귀농이 오히려 독이 될 수 있다. 귀농하려면 1차적으로 농림부나 지자체가 주관하는 귀농교육을 필수적으로 받을 필요가 있다. 농업 전문 강사와 귀농에 성공한 사람들의 경험담 등 유익한 내용이 적지 않다. 강의가 끝나면 주말을 이용해 현장교육을 실시하는 곳이 있을 정도로 프로그램이 알차다.

문제는 '실전'이다. 우선 시골에 거주지를 마련하는 것이 문제인데 시골에 빈집이 별로 없다. 귀농 사이트에 빈집이 매물로 나오면 눈 깜짝할 사이에 팔린다. 게다가 마땅한 농지를 구입하고 사업 아이템을 잡는 것도 쉽지 않다. 귀농은 현장 답사를 통해 철저히 준비하지 않으면 낭패를 보기 쉽다는 사실을 명심해야 한다.

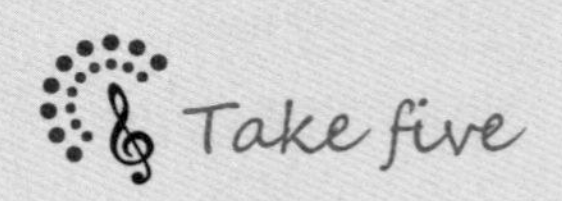

귀농 · 귀촌, 쉽게 보지 마

정 하다 안 되면 농사나 짓겠다는 말을 쉽게 내뱉는다. 사정을 몰라서 하는 얘기다. 농사를 아무나 하는 일로 생각하면 큰 오산이다. 농사를 지으려면 기본적으로 농작물의 파종기나 식생은 물론, 농약 사용법, 가을철 수확법, 하다못해 세시풍속도 줄줄 꿰고 있어야 한다. 요즘의 현대식 농법이 예전에 비해 많이 달라졌다고는 하나 농부는 기본적으로 이런 것을 바탕에 깔고 있어야 한다. 하나 더 추가한다면 부지런함도 빼놓을 수 없다. 게을러서 때를 놓치면 한 해 농사는 헛일이 되기 십상이다.

그럼에도 백수나 은퇴자들은 무작정 농촌생활을 동경하는 경향이 없지 않다. 2011년 〈농민신문〉 조사에 따르면, 은퇴자의 75퍼센트 정도가 농촌에 살고 싶다고 응답했다.

문제는 귀촌이 도시생활을 잠시 접고 휴양 삼아 떠나는 관광 프로그램이 아니라는 데 있다. 마치 다른 나라로 이민이라도 떠나는 것처럼 나머지 인생 전부를 걸어야 하는 것이 귀촌이다. 시골 별장에 쉬러가는 게 아니라는 얘기다. 게다가 잘못될 경우 원 상태로 되돌아가기도 쉽지 않다.

매사 새로 시작하는 일이 다 그렇지만 귀농, 귀촌에도 철저한 준비가 필요하다. 한 귀농 전문가는 "농촌으로 가서 살기 이전에 내가 귀촌해야 하는 이유를 열 가지 정도 분명하게 쓸 수 있어야 하고, 왜 귀촌하려는 것인지 근본적인 질문을 던지는 시간이 필요하다."고 말한다. 귀촌, 귀농이 만만한 게 아니라는 얘기다. 그럼에도 많은 은퇴자들이 귀촌, 귀농을 입에 담는 것은 농촌의 현실을 잘 모르기 때문이다. 따라서 무엇보다 농촌의 현실에 대해 제대로 알아야 하고, 당연히 가족에게도 동의를 구해야 한다.

참고로 선배 귀농인들의 조언을 들어보면, 우선 무턱대고 시골 땅부터 사지 말라고 충고한다. 우리는 땅을 보는 안목이 없을뿐더러 땅을 내놓는 사람은 비싸게 내놓는 경우가 많으므로 땅은 살면서 천천히 사는 것이 좋다. 실지로 농촌에서 살다 보면 괜찮은 조건의 땅이 더러 나온다고 한다. 다음은 집 문제인데, 집 역시 당장 짓지 말고 허름한 시골집을 빌리거나 아니면 간단히 수리해서 살아보라고 권한다. 살면서 내가 필요한 집, 집의 크기 등을 파악하는 것이 중요하다고 한다.

특용작물로 큰돈을 벌 수 있다는 말에 솔깃해서도 안 된다. 그리 쉽게 큰돈을 번다면 이미 소문이 나지 않았을 리 없다. 세상에 손쉽게 돈 버는 일이란 아무것도 없다. 경험 없이 큰일을 벌였다가는 자칫 인건비 빼고 남는 게 하나도 없을 수 있다. 고생만 하고 돈벌이도 시원찮다면 굳이 귀농, 귀촌을 할 필요가 없다. 꼭 귀농을 하려면 철저한 준비가 필요함을 잊지 말아야 한다. 귀농도 하나의 사업이다.

17 져주면서 살기

생각이 너그럽고 두터운 사람은
봄바람이 만물을 따뜻하게 기르는 것과 같으니
모든 것이 이를 만나면 살아난다.
생각이 각박하고 냉혹한 사람은
삭북(朔北)의 한설(寒雪)이 모든 것을 얼게 하는 것과 같아서
만물이 이를 만나면 곧 죽게 된다.

– 홍자성(洪自誠), 《채근담(菜根譚)》

“한 번이라도 누구에게 져준 적 있나.”

회식이나 술자리 같은 데서 더러 건배사를 하는 경우가 있다. 대개 좌중의 연장자가 하는 게 보통이다. 이럴 때 재치 있고 멋있는 건배사 한마디는 분위기를 흥겹게 만든다. 경상도 사람들이 모인 어떤 자리에서 ‘우리가 남이가?’를 외치며 건배하는 경우를 봤다. 건배자가 “우리가!” 하고 선창하면 나머지 사람들이 “남이가?” 하면서 따라 하는 식이다. 그동안 내가 들어본 건배사 가운데 지금도 뚜렷이 기억나는 것이 하나 있다.

“당신 멋져!”

건배사를 하는 주인공이 먼저 이렇게 외치면 다른 사람들이 마치 삼행시를 짓듯 한 자씩 운을 띄운다.

“당! 당당하게 살자!

신! 신나게 살자!
멋! 멋지게 살자!
져! 져주며 살자!"

지금은 좀 묵은 것이 돼버렸는지 모르겠지만 처음 이 건배사를 듣고는 참 신선하다고 느꼈다. 이 건배사에서 내가 주목한 것은 마지막 '져!'다. 져주며 살자! 그간 우리네 삶은 늘 남을 이기려고만 했다. 어릴 때부터 다들 그렇게 배웠다. 절대로 남한테 져서는 안 된다고. 학교 공부도 지면 안 되고, 회사생활도 지면 안 되고, 돈벌이도 지면 안 된다. 설령 남을 밟고서라도 이겨라! 이기라는 말만을 듣고 배우며 자라왔다. 그런데 '져주며 살자'라니. 이건 '반동'이다. 그간 어디서 듣도 보도 못한 말이다. 아니 말이 안 되는 말이다.

우리 사회가 각박한 것은 과당경쟁으로 인해 마음의 여유가 없기 때문이다. 조직이든 개인이든 매사 1등을 하려고만 하지 않으면 그리 빡빡하게 굴 일이 없다. '1등 못하면 2등 하면 되지. 2등 못하면 3등 하면 되고.' 하는 사람에게는 급할 것이 하나도 없다. 다들 1등 하려고 애를 쓰지만 결국 1등은 하나뿐이다. 나머지는 2등, 3등, 4등…… 그리고 꼴찌가 필히 나오게 마련이다. 결국 '1등론'은 구성원 전체를 과잉경쟁의 장으로 내몰아 서로 피 터지도록 싸우게 만드는 천박한 경쟁 논리인 셈이다.

90년대 중반 당시 '신(新)경영'을 캐치프레이즈로 내건 삼성 그룹은 '아무도 2등은 기억하지 않는다'는 제목의 이미지 광고를 한 적이 있다. '세계 일류'를 표방한 이 광고에서 세계 최초로 전화를 발명한 그레이엄 벨의 사진은 전면에 배치되고 이보다 한 시간 늦게 전화를 발명한 엘리샤 그레이에게는 '아무도 기억하지 않는 2등'이라는 카피가 곁들여졌다. 앞서 이 회사는 베를린올림픽 마라톤 우승자인 손기정, 최초로 달 표면을 밟은 닐 암스트롱 등 각 분야 '1등'을 계속해서 시리즈로 내보낸 바 있다. 당시는 공보처에서도 '1등'을 강조하는 광고를 방송하던 때다. 사회는 국가든 기업이든 모두 '1등'밖에 모른다. 1등이 아니면 전부 '공동 꼴찌' 취급을 받는다.

전교 1등 하는 수재들이 자살하는 경우가 왕왕 있다. 언론 보도에 따르면 1등을 놓칠지도 모른다는 강박관념이 자살의 주원인이라고 한다. 한 반이 30명이라면 1등은 한 명이고 '1등 아닌' 학생은 29명이다. 1등은 극소수, '1등 아닌' 학생이 절대 다수다. 그래서 1등은 늘 불안하고 초조하다. 그런데 이건 딱 한 끗발 차이다. 매번 1등 하는 학생이 '내가 2등, 3등을 할 수도 있지, 뭐.' 하고 생각하게 되면, 그 순간부터 그는 자유인이 될 수 있다. 그런데 대부분의 '1등'들은 그 문턱을 넘어서지 못한다. 1등을 놓치면 마치 자기가 죽는다고 생각한다.

경북 봉화에서 홀로 농사를 지으며 친자연적인 삶을 살다 2004년에 작고한 농부작가 전우익(全遇翊) 선생. 선생은 일전에 《혼자만 잘 살믄 무슨 재민겨》라는 제목의 책을 냈다. 이 책은 선생이 생전에 지인들과 주고받은 편지글을 묶은 것으로, 우리 사회가 얼마나 이기적이고 비인간적인지를 웅변하는 내용으로 이루어져 있다. 지구상에 혼자 살아남는다면 이 모든 것을 다 소유한들 그게 뭐 그리 신나겠는가.

2013년 가을 현재 서울시에 따르면, 서울 시내에서 주택을 가장 많이 가지고 있는 사람의 주택 수는 277채라고 한다. 100채 이상 소유하고 있는 사람도 18명에 이른다고 한다.

지난 2004년 타계한 전우익 선생. 선생의 소박하고 맑은 삶이 큰 울림을 준다.

과연 이들은 얼마나 행복할까? 회사에서 남들보다 조금 먼저 퇴직하여 지금은 실업자가 된 나 자신을 너무 속상해하지 말자. 어차피 나도 선배들에게 일자리를 물려받았고, 지금은 후배들이 우리 일자리 물려받아 일하고 있다. 그것마저도 도저히 받아들이기 힘들다면, 후배들한테 한번 져줬다고 생각하자. 살면서 누구에게 흔쾌히 져준 적이 있는 사람은 그리 많지 않다. 항상 남들에게 이기도록 교육받고 그렇게 길러져왔기 때문이다. '져주는 것'과 '지는 것'은 다르다. 그리고 식사를 마친 사람은 얼른 자리를 비워줘야 뒤에 기다리는 사람들이 식사를 할 수 있다. 후배들에게 져주고, 자리를 비워주는 것은 아름다운 일이다.

Take five

지고도 이기는 삶

프로 바둑기사 조훈현이 일전에 이런 말을 했다. "최선을 다한 것은 후회가 남지 않는다. 이기고 지는 것은 누구에게나 오지만, 최선을 다하지 않으면 이기고도 진 것이고 최선을 다하면 지고도 스스로에게 이긴 것이다."

바둑은 한판 게임이 끝나면 즉석에서 승부가 판가름 난다. 일반 운동경기와 다르게 공동 우승이나 무승부가 없다. 그래서 바둑판을 흔히 '승부사의 세계'라고 부른다.

게임이나 경기는 승리와 패배, 둘로 나뉜다. 중간 지대가 없다. 행운이 따랐든 능력이 출중했든 경기나 게임에는 승자가 있고 패자도 나오게 마련이다. 경기 자체를 승패에 염두를 두고 시작하기도 한다. 그런데《법구경》에서는 "이기고도 지는 수가 있고, 지고도 이기는 수가 있다."고 했다. 무슨 뜻일까? 예수의 죽음이 그 한 예일 수 있다.

예수는 로마 형법에 따라 십자가형에 처해졌지만 로마는 그를 이기지 못했다. 세계사는 예수의 죽음을 위대한 패배로 기록하고 있다.

'난 지고는 못 살아!'를 입에 달고 사는 사람이 있다. 그런데 게임에서 승자는 대개 한 명, 혹은 극소수일 뿐이다. 고교 졸업생이 전부 서울대에 들어갈 수는 없다. 대졸자 전부가 일류 대기업에 취직할 수도 없다. 공무원시험 준비생 전원이 합격할 수 없고 모든 사람이 영어를 잘할 수도 없다. 그렇다면 나머지 '패배자'들은 어떻게 해야 할 것인가? '이기는 법' 대신 '지고도 살아가는 법'을 배우면 된다.

축구 시합에서 전반전에 골을 많이 먹었다고 걱정할 것 없다. 만회할 시간은 충분하다. 후반전이 남아 있기 때문이다. 설사 경기에서 졌다고 해도 멋진 경기를 했다는 얘기를 들을 수 있어야 한다. 그게 바로 '지고도 이기는 법'이요, '지고도 살아가는 법'이다.

인생이 한 번뿐이기는 하다. 그러나 인생은 전반전, 중반전, 후반전, 종반전 등 다양한 국면을 갖고 있다. 매번 다 이기는 사람은 없다. 초년 운이 나빴다가도 말년 운이 좋은 사람이 있고 그와 정반대인 경우도 있다.

백수 신세라고 해서, 또는 은퇴자라고 해서 낙담할 것 없다. 전반전에서는 졌을지 몰라도 후반전에서는 이길 수 있다. 또 지난 삶을 꼭 졌다고만 얘기할 수도 없다. 그러니 남은 삶마저 너무 늦었다거나 불리하다고 생각할 것 없다. 지금은 너나없이 후반전 출발선에 서 있다. 그리고 후반전의 룰은 전반전과 다르다. 이제는 이기는 경기보다 멋진 경기를 펼칠 때 더 많은 점수를 얻을 수 있다. 후반전을 잘 준비하는 사람만이 오직 멋진 경기를 펼칠 수 있으리라!

18 매사에 감사하기

행운을 손바닥에 얼마나 많이 쥐었나 하는 것은
그대의 행복과 아무런 관계가 없다.
그대의 마음속에 감사한 생각이 없으면
그대는 파멸의 노를 젓고 있는 것이다.

– 깁슨(James Jerome Gibson)

"아침에 눈떠서 살아 있음에 감사!"

이제 마지막 '매사에 감사하기' 차례다. 우선 여기까지 별 무리 없이 글을 써올 수 있었음에 나는 감사한다. 도중에 내가 무슨 사고를 당했거나 혹 몹쓸 병에 걸리기라도 했으면 이 글을 끝내지 못했을 수도 있다. 그런데 아무 탈 없이 계획한 대로 마무리 짓게 되었으니 감사할 따름이다. 그런데 대다수 사람들은 이런 것을 감사라고 생각하지 않는다. 그냥 응당한 일로 치부하는 경향이 있다. 그래서 감사를 강조하는 사람들이 하는 말이 있다. 감사는 찾으려는 자에게는 흘러넘치는 대하(大河)와도 같으나 찾지 않는 자들에게는 바짝 마른 겨울 골짜기와도 같다고.

6년간의 실직생활 동안 나를 지탱해준 기둥은 바로 '감사(感

謝)'였다. 실직을 원망하고 비관하기 시작하면 한도 끝도 없고, 이러한 방식으로는 문제가 해결되지 않는다. 내가 찾은 대안은 역설적으로 '감사'였다. 일자리는 잃었지만 그래도 사지 육신 멀쩡하고, 급할 때 도움 청할 사람도 주변에 있고, 게다가 가정이 원만하니 이 얼마나 감사한 일인가. 역으로 직장이 있다고 해도 중병을 앓고 있거나 주변에서 따돌림을 받아 왕따가 되었다거나 혹 가정이 파괴되었다면 얼마나 큰 불행인가. 그리 생각하니 나는 하루하루가 감사하고 기뻤다. 매사 마음먹기 나름이다.

내가 감사를 깨우친 것은 전광 목사님의 《평생감사》라는 책을 통해서다. 지인의 집에 놀러갔다가 우연히 접하게 되었는데, 필자가 목사님이다 보니 기독교 관련 얘기가 많이 나오기는 하지만 일반인이 읽기에 별 거부감이 없는 내용이었다. 감사가 기독교인들에게만 해당되는 것은 아니지 않나. 요즘 일부 기업에서는 기업 경영에 감사를 접목시키고 있어 '감사 경영'이라는 말도 생겨났다. 비단 기업뿐이랴.

《평생감사》에서 언급한 사례 가운데 미국의 유명 토크쇼 진행자 오프라 윈프리 얘기가 있다. 그녀가 진행하는 〈오프라 윈프리 쇼〉는 전 세계 132개 국 1억 4,000만 명의 시청자를 웃고 울리며 에미상을 30회나 수상했고, TV아카데미 명예의 전

당에도 올랐다. 현재 오프라 윈프리는 사업가로도 성공해 미국 연예인 중 최고의 수입을 올리고 있다. 그런데 이런 그녀도 젊은 시절에는 최악의 일들을 겪었다. 미혼모에게서 태어나 할머니 손에 자랐으며, 삼촌에게 성폭행 당해 14세에 출산과 함께 미혼모가 되었다. 아이가 태어난 지 2주 만에 죽자 그 충격으로 마약에 빠지기도 했지만 다행히 생부와의 재회를 통해 새 삶을 열게 되었다. 오프라는 요즘도 매일 '감사일기'를 쓴단다.

1. 오늘도 거뜬하게 잠자리에서 일어날 수 있어 감사합니다.
2. 유난히 눈부시고 파란 하늘을 보게 해줘 감사합니다.
3. 점심 때 맛있는 스파게티를 먹게 해줘 감사합니다.
4. 얄미운 짓을 한 동료에게 화내지 않은 저의 참을성에 감사합니다.
5. 좋은 책을 읽었는데, 그 책을 쓴 작가에게 감사합니다.

어찌 보면 감사할 게 하나도 없다. 다들 아침이면 잠자리에서 일어난다. 잠자리에서 돌연사하여 아침에 일어나지 못하는 사람은 극히 드물다. 그리고 '눈부신 파란 하늘'은 하늘만 쳐다보면 누구나 볼 수 있다. 또 '맛있는 스파게티'는 그 식당에만 가면 누구나 먹을 수 있으며, 화낼 일을 참는 사람도 더러 있다.

좋은 책을 읽고 나면 저자에게 감사하기보다 오히려 책을 읽은 자신에 대해 뿌듯하게 생각하기 쉽다. 대체 오프라는 무엇이 그리도 감사할까? 감사에 둔감하거나 감사를 찾으려 노력하지 않는 사람에게는 감사가 보이지 않는다. 그러나 감사를 찾으려는 사람에게는 일상의 사소한 것조차도 감사거리가 된다. 바로 그 차이이다.

'범사(凡事)에 감사하라'

성경 '데살로니카 전서' 5장 18절의 말씀이다. 다른 종교와 달리 기독교는 감사를 경전에서 언급하며 강조하고 있다. 따라서 예수의 가르침을 실천하는 진정한 기독교인은 감사를 찾고 소중히 여기며 실천하는 사람들이라고 생각한다. 기독교에서는 인간의 생명에서부터 미물에 이르기까지 삼라만상을 하나님이 주신 선물로 여긴다. 따라서 무(無)에서부터 감사를 찾는다. 그렇게 되면 모든 것이 감사의 대상이 된다. 옷 한 벌, 밥 한 끼, 공기, 따스한 햇빛, 풀 한 포기, 길가에 뒹구는 돌 한 조각에서도 감사를 찾게 된다. 우리 주변의 모든 것이 감사의 대상이 된다. 그러고 보니 오늘날 한국의 기독교는 과연 성경의 가르침을 제대로 깨우치고 있는지 묻고 싶다.

전 목사님은 《평생감사》를 통해 감사에도 차원이 있다고 설파한다. 1차원적인 감사는 '조건부(If) 감사'다. 만약(If) 내가 다른 사람보다 더 잘되거나 더 많이 갖게 되면 감사하겠다는 것이다. '우리 아이가 대학 시험에 합격하면', '우리 남편이 이번에 승진하면' 감사하겠다는 식의 조건부 감사는 아주 낮은 단계다. 다음 2차원적인 감사는 '때문에(Because) 감사'다. 무엇을 받았기 때문에, 즉 '우리 아이가 대학 시험에 합격하여', '우리 남편이 이번에 승진하여' 감사한다는 식이다. 대부분이 여기에 해당한다. 마지막 3차원적인 감사는 '불구하고(In spite of) 감사'다. 불행을 당해도, 힘들고 어려워도, '그럼에도 불구하고' 하는 감사. 이것이 바로 범사에 감사하는 진정한 감사라는 것이다.

감사를 깨우친 뒤로 나는 범사에 감사하려고 노력해왔다. 그것이 나의 어려운 여건을 견뎌내고 나를 지켜내는 하나의 방편이라고 여겼기 때문이다. 실지로 감사를 생활화한 이후, 마음이 한결 편안해졌다. 또 세상을 바라보는 시선 또한 예전보다 훨씬 더 따뜻해졌다. 감사는 누구를 위해서가 아니라 바로 나를 위해서 하는 것이다. 그 결과 내가 좋아지면 주변에도 좋은 기운이 전해지는 법이다. 실직자라고 감사 못할 게 없다. 다른 것은 다 제쳐두고라도 오늘 하루 응급차에 실려가지 않고 몸성히 지냈으면 그것만으로도 감사할 일이다. 또 하루 세(두) 끼 배불리 먹었으면 그건 눈물겹도록 감사할 일이다. 지구 인구의 3분의 1은 굶거나 아니면 끼니 걱정을 하며 살고 있다.

끝으로, 나의 감사기도 가운데 한 대목을 소개하면서 이 글을 마칠까 한다.

1. 아침에 눈떠 살아 숨 쉬고 있음에 감사합니다.
2. 세면장에 더운 수돗물이 콸콸 나와줘서 감사합니다.
3. 온종일 이것저것 쓰고 책 보며 지냄에 감사합니다.
4. 점심과 저녁 두 끼, 더운밥 배불리 먹음에 감사합니다.
5. 매일 두 끼 더운밥을 차려주는 아내에게 감사합니다.
6. 가족들 흩어지지 않고 한 둥지에서 지냄에 감사합니다.
7. 가족들 모두 아픈 사람 하나 없이 지냄에 감사합니다.

'버킷 리스트'를 만들자

감사와 사랑이 가득한 마음으로 인생을 소중히 채우는 방법들은 아주 많다. 그중에 하나가 바로 '버킷 리스트(Bucket List)'를 만드는 것이다. 잭 니콜슨과 모건 프리먼이 주연한 영화 〈버킷 리스트〉는 시한부 삶을 선고받은 두 사나이가 죽기 전에 하고 싶은 일들을 하나씩 실행해가는 이야기다. 이 둘은 병원을 박차고 나와 그동안 꿈꾸어온 스카이다이빙과 카레이싱 그리고 세상에서 가장 아름다운 소녀와 키스하기 등의 소원을 하나씩 이루어간다. 그러면서 이 영화는 말한다. '인생에서 가장 많이 후회하는 것은 살면서 한 일들이 아니라 살면서 하지 않은 것들'이라고.

누구에게나 한 번쯤 해보고 싶은 일들이 있다. 그러나 생활인으로, 직장인으로 사는 동안 그런 일을 해보기란 쉽지 않다. 은퇴하고 나면 무진장 많은 시간이 주어지는데도 평소 해보지 않은 일이다 보니 사람들은 돈과 시간이 허락해도 해볼 엄두를 내지 못하는 것이 보통이다. 그러나 이제는 과감하게 시도해보자. 즐거운 삶은 물론 '시간 죽이기'를 위해서라도 말이다.

지금 당장 하고 싶은 것들을 하나씩 적어보자. 노는 것에도 계획이 필요하다. 참고로 포스코패밀리가 선정한 '버킷 리스트 Best 25'를 소개한다.

1. 혼자서 또는 사랑하는 사람들과 세계 일주 떠나기
2. 다른 나라 언어 하나 이상 마스터하기
3. 악기 하나 마스터하기
4. 열정적인 사랑 그리고 행복한 결혼
5. 국가가 인증하는 자격증 따기
6. 국내 여행 완전 정복
7. 나보다 어려운 누군가의 후원자 되기
8. 우리 가족을 위해 내 손으로 집 짓기
9. 오로지 혼자 떠나는 한 달간의 자유 여행
10. 생활 속 봉사 활동, 재능 기부하기
11. 1년에 책 100권 읽기

12. 우리 가족 각자의 인생 계획표 만들기
13. 내 후손에게 물려줄 수 있는 가치 있는 유산 만들기
14. 아마추어 사진작가에 도전하기
15. 자전거로 하루 30킬로미터 달려보기
16. 사랑하는 사람을 위한 최고의 밥상 차리기
17. 몸치 탈출, 댄싱 퀸 & 킹에 도전하기
18. 나만의 생각을 담은 강연 하기
19. 베스트셀러 작가 되기
20. 히말라야 트레킹하기
21. 인맥 지도 그리기
22. 1년 365일 빠짐없이 일기 쓰기
23. 아프리카 사파리 체험하기
24. 우리 가족의 얼굴을 내 손으로 그려보기
25. 80세 생일에 상영할 수 있는 스마트폰 영화 찍기

에필로그

중년백수를 위한 변명

옛말에 '처녀가 애를 배도 할 말이 있다'고 했다. 시집 안 간 처녀가 애를 밴 데는 필시 곡절이 있을 것이다. 그렇지 않고서야 어찌 홀몸의 처녀가 임신을 할 수 있겠는가.

중년백수라고 왜 사연이 없고 또 할 말이 없겠는가? 조기에 실직자가 된 데는 남모르는 애환이나 말할 수 없는 속사정이 있을 수 있다.

남 얘기 할 것 없이 우선 내 경우를 예로 들어보자. 앞에서 계속 얘기했듯이 나는 잘 다니던 직장에서 단지 정치적인 이유로 무단히 쫓겨났다. 물론 임원이었기 때문에 3년 임기가 끝나면 떠나야 할 몸이었던 것은 사실이다. 그러나 나는 부임한 지

11개월 만에 임기 2년여를 남겨두고 쫓겨났다. 다음 일자리를 준비할 틈도 없이 나온 것이다. 나처럼 '강퇴'는 아닐지라도 '어느 날 불쑥' 실직당한 중년백수가 적지 않을 것이다.

중년백수 가운데 일부 '자발적 백수'를 제외하고 대부분은 타의로 백수가 된 경우다. 개중에는 범죄나 비리 등의 이유로 직장에서 해고당한 경우도 전혀 없지는 않겠지만 대부분은 절대적인 일자리 부족과 과당경쟁의 희생자들이라고 생각한다. 말하자면 백수는 '죄인'이 아니라는 얘기다. 그럼에도 우리 사회 일각에는 백수를 마치 죄인 취급하는 경향도 없지 않다. 아픈 데를 또 때리는 격이다. 비단 이것뿐일까? 더러는 무능력자의 상징이요, 게으른 자의 표상으로 비쳐지기까지 한다. 받아들이기 어렵다. 중년백수는 다른 사람보다 단지 몇 년 일찍 은퇴했을 뿐이다.

기죽어 살 필요가 없다. 중년백수 역시 20여 년 동안 직장생활 하며 가족을 부양해왔다. 다들 고생한 사람들이다. 따라서 비난보다는 '그동안 애썼다', '고생했다'는 한마디 격려가 먼저여야 한다고 생각한다. 그리고 중년백수들도 당당하게 살 일이다. 그러다 다시 일할 기회가 주어지면 예전처럼 열심히 일하면 그뿐이다. 많은 중년백수들은 일하기를 소망하고, 또 열심히 일할 각오가 되어 있다.

설사 다시 일할 기회가 주어지지 않는다 해도 자책할 필요는 없다. 몇 년 사이에 또래 친구들도 다들 은퇴할 것이기 때문이다. 이제는 은퇴자의 일원으로 은퇴자의 삶을 살아가면 된다. 누릴 것은 누리고 겸손할 것은 겸손하고 아낄 것은 아끼며 살아가면 될 뿐이다. 다만 바람직한 은퇴자의 삶을 위해 몇 가지 삶의 신조 같은 것을 가슴에 품고 살아간다면 그 삶이 더욱 여유로울 것이다.

'중년'은 50대 전후를 총칭해서 부르는 말이다. 중년은 잘 익은 과일과도 같다. 빛깔 곱고 맛도 좋은 탐스러운 과일이다. 그래서인지 '꽃중년'이라는 말까지 생겨났다. 20~30대 젊은이만은 못하겠지만 아직 건강도 좋다. 또 뭐든 할 수 있는 의욕도 여전하다. 게다가 사회 경험도 많고 세상 물정도 잘 안다. 세파에 시달려 더러 닳기는 했지만 한편으로는 잘 단련되고 숙달된 나이가 바로 중년이다. 청년의 기백과 노년의 연륜을 겸비한 세대가 바로 중년인 것이다. 따라서 중년은 분명 끝이 아니라 또 하나의 시작이다.

'중년백수'라고 해서 다를 바 없다. 개인에 따라 사정이 천차만별이겠지만 형편이 되면 품위 있는 삶, 격조 있는 삶을 살 수도 있다. 교양과 어느 정도의 재정적 기반을 갖추고 있다면야 그리 살지 못할 이유가 하나 없다. 그러나 우아한 삶은 단지 돈만으로 이루어지지는 않는다. 인간다운 삶을 영위하는 외형적 조건에 내면의 깊이가 보태져야만 품격 있는 삶이 가능한 법이다. 물질에 구속되지 않고도 여유를 추구하며 사는 안빈낙도(安貧樂道)의 삶이 바로 그런 것이다.

중년백수가 부닥친 가장 현실적인 문제는 역시 돈 문제일 것이다. 즉 상당수는 경제적 여유가 별로 없다. 그렇다고 해서 당장 큰돈을 벌어올 수도 없는 처지다. 결론은 현실을 인정하고 안빈(安貧)하며 사는 길뿐이다.

조선조 선비들은 적절한 가난을 오히려 선비의 미덕으로 여겼다. 조선 전기의 성리학자이자 영남학파의 거두인 남명 조식 선생도 그중 하나다. 남명 선생은 학문이 깊어 왕이 조정에서 귀히 쓰고자 했으나 한사코 벼슬을 마다했다. 그러고는 일평생을 초야에 묻혀 지내며 제자 양성에 힘쓰다 생을 마쳤다. 말년에 선생은 지리산 천왕봉 아래 덕산에 자리를 잡고, 거소의 당호를 산

천재(山天齋)라고 하였다. 그리고 그 시절에 〈덕산에 묻혀 살다(德山卜巨)〉라는 시를 한 수 남겼다. 내용은 다음과 같다.

春山底處无芳草
只愛天王近帝居
白手歸來何物食
銀河十里喫猶餘
봄날 어디엔들 방초가 없으리오마는
옥황상제가 사는 곳 가까이 있는 천왕봉만을 사랑했네
빈손으로 돌아왔으니 무엇을 먹고 살 것인가
흰 물줄기 10리로 뻗었으니 마시고도 남음이 있네

가난하더라도 깨끗하게 사는 생활이 '청빈(淸貧)'이다. 비단 벼슬아치에게만 쓰는 말이 아니다. 보통은 벼슬하지 않는 깨끗한 선비의 생활을 묘사하는 용어로 쓰였다. 즉, 부귀와 영달을 간구하지 않고 도의를 지키며 즐거운 마음으로 사는 선비의 자세를 말한다. 그 시절에 선비는 뜻을 얻으면 조정에 나아가 벼슬을 하고, 그렇지 못하면 향리에 은거하며 살았다. 요즘으로 치면 월급쟁이와 같아 관직에서 물러나면 즉시 백수 신세가 되는 것이었다. 그렇다 해도 양반 주제에 상놈들처럼 장사를 할 수도 없고, 앉아서 굶어죽을 수는 더더욱 없는 노릇이었다. 그러면 그들은 가난을 어떻게 극복했을까? 이런 문제에 대해 다산 선생이 방도를 하나 제시했다.

가난한 선비가 생업을 꾸려나갈 방도를 생각하는 것은 사세(事勢)가 그럴 수밖에 없기 때문이다. 그러나 경작은 너무 힘들고 장사는 명예가 손상되니, 손수 과수원이나 채소밭을 가꾸고 희귀한 과일과 맛 좋은 채소를 심는다면 왕융(王戎)처럼 오얏 씨에 구멍을 뚫고 운경(雲卿)처럼 참외를 팔더라도 해될 것이 없을 것이다. 좋은 꽃과 기이한 대나무로 군색함을 가리는 것도 지혜로운 생각이다.

재산은 너무 많아도 문제지만 반대로 전혀 없거나 너무 적어도 문제가 생긴다. '무항산 무항심(無恒産 無恒心)'이라는 말도 있듯이 배를 채우지 못하면 도덕을 실천하기 어렵다. 선비의 경우 지조를 지켜내기가 어려울 수도 있다. 다시 말해 적절한 재산은 생활은 물론 자신을 지켜내는 데도 필수불가결한 요소다.

현대인도 마찬가지다. 재산이 너무 없어 궁색한 생활을 하다

보면 각종 비리나 범죄에 유혹되기 쉽다. 전직 국회의원 가운데 전관(前官)을 앞세워 부당대출이나 이권에 개입했다가 감옥에 가는 사람을 왕왕 보지 않던가. 모두가 결국에는 돈 때문에 빚어진 일이다. 그런 일로 감옥 가지 않으려면 없으면 없는 대로, 부족하면 부족한 대로 형편에 맞추어 사는 지혜가 필요하다. 도시 생활이 버거우면 생활비가 적게 드는 시골로 내려가면 되고, 놀고먹을 형편이 안 되면 몸을 굴려 돈을 벌면 된다.

가난한 사람이 자신의 처지를 원망하지 않고 즐거운 마음으로 산다는 것은 쉬운 일이 아니다. 맹자는 '부귀로도 그의 마음을 유혹하지 못하며, 빈천(貧賤)으로도 그를 동요시키지 못하며, 권세로도 그를 굴복시키지 못하는 사람'을 '대장부'라고 불렀다. 그렇다고 해서 대장부가 특별한 사람인 것은 아니다. 반듯한 뜻을 가지고 흔들림 없이 산다면야 백수도 대장부의 삶을 살 수 있다. 당당하게 여유를 가지고 품위 있게 살려는 자세가 중요하다.

만년에 향리에서 지내던 추사 김정희 선생이야말로 은퇴자의 훌륭한 전범이라고 할 만하다. 추사 선생은 '두부, 오이, 생강, 나물만 있으면 최고의 성찬이요, 부부와 아들딸, 손자와 함께 있으면 최고의 모임이다(大烹豆腐瓜薑菜 高會夫妻兒女孫)'라며 스스로 위안을 삼고 지냈다. 비록 여유롭지는 못한 생활일지언정 가족과 더불어 다복하게 지내면 그게 최고의 인생인 것이다.

백수 신세를 탓하기에 앞서 여유와 멋을 찾고 이를 생활 속에서 실천하려는 노력이 필요하다. 백수일수록 더욱 절조 있고 품위 있는 생활을 추구해야 한다.

어느 날, 백수

지은이 | 정운현

초판 1쇄 인쇄일 2014년 3월 14일
초판 1쇄 발행일 2014년 3월 21일

발행인 | 한상준
기획 | 임병희
편집 | 김민정 · 박민지
디자인 | 김경희 ·김경년
마케팅 | 박신용
종이 | 화인페이퍼
출력 | 소다프린트
인쇄 · 제본 | 영신사

발행처 | 비아북(ViaBook Publisher)
출판등록 | 제313-2007-218호(2007년 11월 2일)
주소 | 서울시 마포구 연남동 567-40 2층
전화 | 02-334-6123 팩스 | 02-334-6126 전자우편 | crm@viabook.kr
홈페이지 | viabook.kr

ISBN 978-89-93642-56-8 03800

• 이 도서의 국립중앙도서관 출판시도서목록(CIP)은 e-CIP홈페이지(http://www.nl.go.kr/ecip)와 국가자료공동목록시스템(http://www.nl.go.kr/kolisnet)에서 이용하실 수 있습니다.
(CIP 제어번호 : CIP2014007662)